tredition®

www.tredition.de

AF216876

Petra Wagner

Ein Zwulch, viel Fußball und ein bisschen Umzug

16 Geschichten aus dem Leben

www.tredition.de

© 2017 Petra Wagner

Verlag: tredition GmbH, Hamburg

ISBN
Paperback: 978-3-7345-9566-0
Hardcover: 978-3-7345-9567-7
e-Book: 978-3-7345-9568-4

Printed in Germany

Liebe Irmi,

seit der ersten Geschichte liest und fieberst du mit.

Danke!

„Wann immer man über Fußball redet, fühlen sich die meisten Leute in ihre Kindheit zurückversetzt. "

(Zitat aus einer Sportsendung im Hessischen Rundfunk)

Als ich diesen Satz vor einiger Zeit im Radio hörte, musste ich unwillkürlich nicken.

Voller Leidenschaft sehe ich Fußballspiele. Ob im Stadion, auf der heimischen Couch oder in aufgeregter Runde mit Freunden – ich fühle mich dabei oft für einen kurzen Moment wie das kleine Mädchen, das zusammen mit Vater und Großvater einem Sieg entgegenfiebert. Schießt Eintracht Frankfurt ein Tor, jubeln die beiden noch immer mit mir, wenn auch aus ganz anderen Sphären.

Alles begann im Juli 1974. Deutschland war Austragungsort der Fußballweltmeisterschaft. Die ganze Nation war aufgeregt. Die ganze Nation, außer mir. Mit meinen sechs Jahren wusste ich gar nicht, dass Fußball existiert, geschweige denn, was es ist und wie man es spielt. Nicht, dass ich ein dummes Kind war. Ich hatte schon so einiges gelernt und begriffen. Zum Beispiel, dass Erwachsene streiten. Sind Papa und Mama zusammen, dann wird es laut. Noch lauter wird es, wenn Opa und Papa aufeinandertreffen. Manchmal ist Onkel Heinz da. Dann können sie zu dritt rumbrüllen. Wo Erwachsene sind, da wird gestritten. So ist das Leben.

Zum Glück können Kinder ganz gut mit Erwachsenen umgehen. Auch ich kam wunderbar mit ihnen zurecht. Im besagten Juli 1974 gab es wieder mal einen Opa-Vormittag. Ich saß in der Schreinerwerkstatt meines Großvaters und genoss den Duft von Leim und frisch geschnittenem Holz. Während ich die überaus wichtige Arbeit des Holzrestesortierens übernahm, erklärte mir mein Opa die Dinge des Lebens. An diesem Morgen erklärte er mir Fußball.

Ich erfuhr, dass am Sonntag ein ganz wichtiges Spiel sei. Und dass wir Holland nicht mögen. Es fielen Namen wie Sepp Maier, Beckenbauer, Breitner. Vielleicht würde sogar Grabowski eingesetzt. Zuerst prallten die Worte an meinem Verstand ab. Doch da sägte mein Opa geschickt eine Latte in 22 Teile und malte in das Sägemehl auf der Werkbank ein Rechteck mit Kreis in der Mitte. Dort stellte er die Holzstücke auf, die jetzt aber Fußballspieler waren und mit einer Papierkugel das kommende Finale austrugen.

„Wahrscheinlich schießen die anderen zuerst ein Tor. Aber was soll's. Das holen wir wieder auf. Dafür haben wir den Müller, der trifft immer." Opa redete, erklärte und verschob die Holzfußballer auf dem Sägemehlspielfeld. Ich hörte ihm andächtig zu, saugte die Informationen auf und versuchte, so viel wie möglich zu verstehen. Schließlich endete sein Vortrag mit: „Außerdem kriegen wir bestimmt noch einen Elfer, der ist immer drin."

Von da an gehörte ich zu den Eingeweihten. Schon am nächsten Sonntag durfte ich mit ins Wohnzimmer. Aufregung lag im Raum. Aber alle waren zuversichtlich, dass WIR es packen. Im eigenen Land, da musste es gelingen. Ich wusste immer noch nicht so richtig, um was es eigentlich ging. Behalten hatte ich die Sache mit dem Elfer, denn ich war stolz, dass ich schon so weit zählen konnte.

Fußball ergriff mich sofort. Anfangs nicht das Spiel an sich. Mit sechs Jahren ist es schwierig, beim ersten Zusehen Sinn, Zweck und die Richtung der vielen Männer zu erfassen. Erst recht, wenn der Fernseher die Welt nur in schwarz und weiß darstellen kann. Fasziniert war ich von Stimmung und Einigkeit, die plötzlich diesen Raum erfüllten. Da saßen mein Vater, mein Opa und mein Onkel zusammen und stritten nicht. Nicht nur, dass sie nicht stritten, sie waren sich einig. Sie ärgerten sich über die gleichen Dinge und jubelten zur selben Zeit.

Ich hatte noch nicht richtig begriffen, dass es bereits begonnen hatte, da legte sich ein Schatten über das Spiel. Holland schoss ein Tor. Gemeinsames Entsetzen. Wenig später gefolgt von Jubel. Denn es kam tatsächlich dieser Elfer, und die Welt wurde wieder etwas heller. Auch Müller erfüllte noch seine Mission und ich sah zum ersten Mal, wie erwachsene Männer aufsprangen und miteinander tanzten.

Irgendwann war das Spiel zu Ende und WIR waren Weltmeister. Ich schwöre, ich kann noch heute dieses Gefühl spüren, dieses riesige Wir-Glücks-Gefühl, das beim anschließenden Abendessen über, unter, um und wahrscheinlich sogar im Tisch zu spüren war.

Am 7.7.1974 habe ich drei Dinge gelernt: Fußball macht glücklich. Fußball macht gemeinsam. Und mein Opa ist ein echter Fußballexperte. Gegentor, Müller, Elfer – alles hatte er vorher gewusst.

Diese Geschichte vorneweg. Der Vollständigkeit halber. Entschuldigungshalber.

Vielleicht geht es in diesem Buch ab und zu ein ganz kleines bisschen zu viel um Fußball. Aber Sie haben jetzt ja gelesen, wie es dazu kam. Ich wurde als kleines Mädchen beeinflusst, geprägt. Ich kann nicht anders.

Sie sind kein Fußballfan? Lesen Sie ganz ruhig weiter. Es ist nicht alles Fußball auf den nächsten Seiten. Nur hin und wieder blitzt er halt durch.

Ein bisschen handelt dieses Buch auch von dem großen Traum eines Umzugs. Mein Umzug in eine andere Welt.

Alles in mir sehnt sich nach einem Leben in der Nähe der Zivilisation.

Natürlich hat das Wohnen am östlichen Rand der Wetterau, kurz vor dem Vogelsberg, seinen Reiz. Ich will trotzdem weg.

Ich will da wohnen, wo das Leben einfacher ist. Einfacher und verständnisvoller ...

V wie Vichel

„Das tut mir leid. So etwas führen wir nicht. Es ist mir auch nicht bekannt, dass ein solches Buch jemals erschienen ist. Höchstens vielleicht in den Sparten Humoristisches oder Karnevalsreden."

Verständnislos blickte ich die Buchhändlerin an. Karneval? Humor? Mir war nicht zum Lachen zumute. Mein Problem war ernst. Jetzt wohnte ich hier schon eine gefühlte Ewigkeit. Hier, bei meinem Freund, hier hinter den sieben Bergen. Doch noch immer konnte ich keinen Menschen verstehen.

Alles begann, als ich Michael das erste Mal zu Hause besuchte. Bis zu diesem Tag wusste ich nur, dass mein neuer Freund der Spezies „junger Mann vom Land" angehörte. Was das wirklich bedeutete, davon hatte ich nicht die geringste Vorstellung. Die Realität traf mich plötzlich und unvorbereitet.

„Wunn Säj aach en Kaffee?"

Ich zuckte zusammen.

„Sunn eich Ihne innschenke?"

Kein Zweifel, ich war gemeint. Aber was wollte man von mir? Was sollte ich tun? Meine Gehirnzellen versuchten, die aufgenommenen Laute zu sortieren. Zwecklos.

„Willst du einen Kaffee?"

Erleichtert vernahm ich Michaels Übersetzung. Vorsichtig reichte ich meine Tasse Richtung Kaffeekanne. Mein Freund, der mir plötzlich sehr fremd vorkam, gab der Frau hinter mir Anweisungen: „Omma, dou musst huchdeutsch schwetze. Sunst kunn däj Petra deich näj verstiehn."

Wo war ich bloß hingeraten? Irgendwie musste ich unbemerkt die Grenze passiert haben. Warum hatte mich niemand nach meinen Papieren gefragt? Hatte ich meinen Ausweis überhaupt dabei? Was, wenn ich ohne Reisepass nicht wieder zurückkam? Dorthin zurück, wo die Leute meine Sprache beherrschten. Denn mit dem „Lange ma däj Weck enab", das gerade über den Tisch flog, war ich restlos überfordert.

Das war vor zwei Jahren. Der tägliche Umgang mit den Eingeborenen hat mir zwar geholfen, die wichtigsten Urlaute zu deuten. Doch für eine richtige Unterhaltung reichen meine Kenntnisse noch immer nicht aus. Was mir fehlt, ist ein Wörterbuch. Deutsch-Vogelsberger-Dialekte oder so ähnlich. Wieso gibt es das nicht? Meiner Meinung nach müsste jeder Zugezogene eine Fibel mit den gebräuchlichsten Redeformeln als Begrüßungsgeschenk erhalten. Hätte ich so eine Hilfe, wäre mir schon einiges erspart geblieben.

Vor allem der gestrige Tag, den ich mit Michaels Oma auf dem Friedhof verbracht habe. Höflich, wie ich nun mal bin, bot ich neben meinen Chauffeur-Diensten noch weitere Hilfe an. Also stand ich, so unauffällig wie möglich, neben dem Eingangstor und füllte eine Gießkanne. Nicht unauffällig genug. Innerhalb weniger Sekunden gesellte sich eine ältere Frau zu mir. Ich grüßte höflich. Leider antwortete sie nicht mit einem einfachen „Guten Tag". Nein, ein Guss mir unbekannter Worte prasselte auf mich nieder. Und meine Dolmetscherin war unerreichbar, irgendwo zwischen den Grabsteinen, verschwunden. So blieb mir nichts anderes übrig, als mein höflichstes Lächeln aufzusetzen und zu warten, bis der Redeschwall ein Ende fand. Der Trick funktionierte. Kurze Zeit später zog die Einheimische zufrieden von dannen.

Ich widmete mich wieder meinen Pflichten. Als ich mit der gefüllten Gießkanne bei Michaels Oma ankam, fuchtelte sie mit ihren Händen über der Graberde. Mit einem Seufzer richtete sie sich auf: „Däj Vichel, däj Vichel, däj Vichel. Däj woihle in de Erd erimm."

Erde - wühlen, soviel hatte ich verstanden. Doch wer wühlte hier? Mein Blick wanderte suchend über den Boden. „Was für Viecher?"

„Ei, däj Vichel."

Ich war so schlau wie vorher.

„Däj schworze Vichel, däj woihle alles durchenanner."

Toll, jetzt wusste ich mehr. Das, was da wühlte, war wohl schwarz. Und es wühlte in der Erde herum. Für gewöhnlich vergraben sich dort Würmer. Aber sind die schwarz?

„Sind da Käfer im Boden?", wagte ich einen neuen Versuch.

„Ei nah, däj Erd ist uffgewoihlt vun deene Vichel. Wassde näj woas eich mahn?"

Nein, tat mir leid, wusste ich nicht. Da, wo ich herkam, gab es keine schworze Vichel. Auch keine, die in der Erde wühlten. Mittlerweile war es mir auch ganz egal, wer oder was hier sein Unwesen trieb. Die Aufmerksamkeit, die wir auf uns lenkten, war mir mehr als unangenehm. Alle Friedhofsbesucher starrten uns an. Michaels Oma hoffte, das Schworze-Vichel-Problem mit Lautstärke zu lösen. Wieso nur, glaubte sie, dass unsere Verständigungsschwierigkeiten durch schlechte Akustik verursacht wurden? Noch einen Moment und die Toten hätten die Polizei wegen Ruhestörung gerufen.

Um das skurrile Treiben zu beenden, fiel ich ihr ins Wort: „Achso, schworze Vichel."

„Genau, däj sann das." Erleichtert verstummte sie. Die Ruhe des Friedhofs war wieder hergestellt. Eine halbe Stunde später saß ich schweißgebadet zu Hause auf unserer Couch. Bis zu diesem Tag hatte ich in dem Glauben gelebt, dass es nur um Mitternacht unangenehm zwischen Grabsteinen wäre. Doch das Drama am Nachmittag hatte mich eines Besseren belehrt.

Mit dem passenden Langenscheidt in der Tasche wäre das nicht passiert. Da hätte ich nachschlagen können: Vichel gleich Vögel, wenn schwarz, dann als Amseln bekannt.

Jetzt ist wohl jedem klar, dass es so nicht weitergehen kann. Billige „Dorfmiete" hin oder her.

Abgesehen von den Verständigungsschwierigkeiten – unsere Wohnung ist viel zu klein. Jeder Zentimeter ist belegt. Überall steht etwas rum.

Und es wird immer enger. Die Wohnung droht, endgültig aus den Nähten zu platzen. Mit meinem dicken Bauch bleibe ich überall hängen. Wie soll diese Wohnung funktionieren, wenn der Zwulch da ist?

Gerade noch darüber nachgedacht, schon ist der Zwulch geboren. Zu unserer Freude ist es eine Zwulchine geworden.

Und ich, als „Frau im Mutterschutz", bin zwangsläufig mehr in unserem Dorf, als für mich und die Beziehung zum Dorf gut ist. Ich spaziere mit dem Kinderwagen zu den angrenzenden Rad- und Wanderwegen und treffe unvermeidlich auf die einheimische Bevölkerung.

Unser Nachbar zur Linken schien mir bisher recht unauffällig. Doch an einem Samstagmorgen entgehen der Zwulch und ich nur knapp einem gesundheitsgefährdenden Zusammenstoß mit ihm und seinem Drahtesel.

Wie kann man am Wochenende so in Eile sein?

Brotrufsignale

Tuuut – tut – tut – tuuut. Erwin blickte vom Hubertusmagazin auf. Hatte er richtig gehört? Er lauschte – nichts. Wäre ja auch zu merkwürdig. War wohl nur eine Einbildung. Er widmete seine Aufmerksamkeit wieder dem Artikel über den gesunden Jagdgebrauchshund. Tuuut – tut – tut – tuuut. Da war es wieder. Diesmal legte Erwin die Zeitschrift beiseite, ging zum Fenster, streckte seinen Oberkörper so weit wie nur möglich nach draußen und spitzte die Ohren. Tuuut – tut – tut – tuuut.

„Traudel, hast du das auch gehört?", rief er in die Stille hinter sich. Da er keine Antwort erhielt, lief er ins Treppenhaus. „Traudel?" Wieder nichts. Ach, diese Frauen. Wenn einmal etwas Wichtiges passiert, dann sind sie nicht da. Er musste jetzt dringend mit jemandem reden. Schnell griff er nach dem Telefon. Für diese Situation brauchte es einen Fachmann. Nach lediglich zwei Tuuuts wurde der Hörer auf der anderen Seite abgehoben.

„Dieter, bist du's?", brüllte Erwin. Ohne eine Antwort abzuwarten, redete er weiter: „Du, ich habe ein Notsignal gehört. Scheinbar bläst jemand im Wald den Jäger-Notruf."

Erstaunen von der anderen Seite: „Auf dem Jagdhorn?"

„Ja!"

Der Angerufene war noch nicht überzeugt: „Bist du dir sicher?"

Erwin wurde bestimmter: „Ich habe es eindeutig gehört. Tuuut – tut – tut – tuuut. Klassisch und fehlerfrei. Lang – kurz – kurz – lang – heeelft – bin – in – Nooot. Zweifelsfrei. Also, was machen wir jetzt?"

„Wie? Was machen wir jetzt?"

„Na, wie wollen wir den verunglückten Jäger finden und retten?"

„Erwin, mach dich nicht lächerlich. Niemand hat heutzutage sein Jagdhorn dabei, es sei denn, er geht zur Übungsstunde seiner Bläsergruppe. Es gibt Handys. Wenn wirklich etwas passiert, wird gewählt, nicht geblasen. Die Zeiten des Notrufblasens sind vorbei. Lediglich so alte Haudegen wie wir kennen noch ‚Jäger in Not'."

Erwin gab keine Ruhe: „Dieter, wenn ich es dir doch sage. Ich habe es eindeutig gehört. Jemand braucht Hilfe. Also, ich gehe gleich los, um ihn zu suchen. Kommst du mit?"

Doch seine Bitte stieß auf Widerstand: „Mach das mal schön alleine. Ich sitze mit Hilde gemütlich beim Frühstück. Die lässt mich einweisen, wenn ich ihr sage, ich muss weg, da ist ein Jäger in Not."

„Wie du meinst", entgegnete der eifrige Retter. „Ich nehm' mir jetzt mein Horn und fahre mit dem Rad in den Wald. Tschüss."

„Viel Glück, und verirr dich nicht. Falls doch, ruf dir Hilfe über das Mobilfunknetz. Nicht dass noch der Musikverein ins Gehölz rennt."

Erwin blieb unbeirrt: „Mach dich nur lustig. Ich muss jetzt los."

Kaum gesagt, schon getan. Er holte sein Jagdhorn und schwang sich aufs Fahrrad. Zum Wald war es nicht weit. Während er fuhr, wanderte sein Blick über die Felder – nicht dass er einen zu rettenden Jäger übersehen würde.

Am Ende des Weges lehnte er seinen alten Drahtesel an einen Baum. Auch wenn er jetzt seit einigen Minuten weder Tut noch Tuuut vernommen hatte, setzte er sein Jagdhorn an: „Tut tut tut tuut?" Angespannt lauschte er. Nichts zu hören. Mit eiligen Schritten ging er tiefer ins Dunkel. Noch einmal: „Tut tut tut tuut? Wo bist du denn?" Der Wind trug die Frage durch die Bäume in den Wald hinein. Aber niemand meldete sich. Genauso erging es ihm ein Stück weiter rechts. Und auch links wurde die Blaskunst nicht mit einer Antwort belohnt. Erwin musste einsehen, dass sein Vorhaben keine Aussicht auf Erfolg haben würde. Noch weiter brauchte er nicht laufen. Von solch großer Entfernung aus wäre es ihm nicht möglich gewesen, den „Notruf" im heimischen Wohnzimmer zu hören. Dennoch musste er auf Nummer sicher gehen. Er formte aus seinen Händen einen Trichter und rief noch einige Hallos in alle Richtungen. Doch auch diese Mühe war vergebens. Enttäuscht, aber noch immer besorgt, ging er wieder in Richtung freies Feld. Ohren und Aufmerksamkeit blieben weiterhin in Lauerstellung. Ein Vogel hier, ein Mäuschen da, mehr war nicht zu hören. In der Ferne brummte lediglich ein Traktor vor sich hin.

Begleitet von einem mulmigen Gefühl radelte er wieder nach Hause. Wahrscheinlich hatte er sich doch nur getäuscht. Oder sollte der Hilferufende mittlerweile in solch großer Not sein, dass er nicht mehr antworten konnte? Vielleicht war es auch ein Fall für die Polizei oder die Ambulanz. Er war doch nicht verrückt. Er hatte es gehört.

„Tuuut – tut – tut – tuuut – heeelft – bin – in – Nooot", hallte es noch immer in seinem Kopf, während er sein Jagdhorn auf die Kommode im Flur legte. Erfreut bemerkte er, dass seine Frau wieder anwesend war und stürmte auf sie zu: „Da bist du ja. Ich habe dich gesucht. Du glaubst nicht, was heute Morgen passiert ist."

Traudel unterbrach ihn: „Wieso hast du mich gesucht? Ich hab' nur Brötchen geholt. Hast du nicht die Hupe vom Bäckerauto gehört?"

Kein Zweifel, wir müssen hier weg. Nur Verrückte um uns herum.

Erneut diskutiere ich ausgiebig mit meinem Liebsten über einen Wohnortwechsel. Erneut erfolglos.

Alles in mir schreit nach Veränderung. Wenn nicht für immer, dann wenigstens für heute.

Ich übergebe den Zwulch an seinen Erzeuger und mache mich auf den Weg.

Ich habe einen Termin bei meinen Großeltern. Einen Arbeitstermin. Einen Arbeitstermin in der alten Heimat.

Ohne zu zögern, rase ich mit meiner kleinen Knatterkiste davon. Entschwinde in die Zivilisation ...

Die Hose, ein Kuchen und die Temperatur

So, die erste Bahn hing. Unter dem strengen Blick des großen Meisters hatte ich die Tapezierarbeiten begonnen. Wie von meinem Großvater gewünscht, begann das Projekt „Renovierung Wohnzimmer". In drei Wochen würde er mit seiner Frau, meiner Großmutter, den 65. Hochzeitstag feiern. Die sogenannte Eiserne Hochzeit. Da mit Besuch zu rechnen war, musste alles ordentlich sein. Deshalb hatte er mich zum Arbeitseinsatz gerufen.

Prüfend stand er neben mir. Wie gesagt, die erste Bahn hing. Nach einer gefühlten Ewigkeit waren auch die Wände um das Fenster herum verkleidet. Diese knifflige Stelle ist sowieso nicht meine Stärke. Wenn dann auch noch der Tapezierkönig persönlich die Arbeit überwacht und mit Kommentaren bedenkt, treibt es schon die eine und auch hundert weitere Schweißperlen auf meine Stirn.

Meine Oma saß derweil gelassen im Fernsehzimmer und verfolgte das Treiben im Hotel Fürstenhof. Mit den Tapezierarbeiten hatte sie nichts zu tun. Das war Männerarbeit. Da mischte sie sich nicht ein. Da gab es klare Regeln. So funktionierten ihr Leben und das Zusammenleben mit Opa jetzt seit fast 65 Jahren. Jeder war Chef in seinem abgesteckten Bereich. Der eine in der Werkstatt, die andere in Haus und Garten. Zugegeben, während der letzten Jahre hatte jeder einige Schritte in das Gebiet des anderen gehen müssen. Zwei ältere Menschen können das tägliche Leben nur meistern, wenn sie als Team zusammenspielen. Trotzdem war immer klar, wer in welchem Bereich der Mannschaftsführer ist.

Mittlerweile waren ich und die Tapeten auf der geraden Längsseite des Wohnzimmers angekommen. Mein Lehrer entspannte sich. Die größte Hürde war genommen. Da konnte er sich nach der anstrengenden Überwachungsarbeit eine Pause gönnen. Außerdem war es sowieso schon fast 3:00 Uhr. Warum also die tägliche Kaffeezeit nicht etwas nach vorne schieben? Noch ein kurzer Blick in meine Richtung – mittlerweile hing die dritte Bahn an der langen Wand und schien dort auch bleiben zu wollen – und er ging zufrieden in die Küche. Wasserkocher gefüllt, angeschaltet, Teller und Tassen auf den Tisch, Kuchen aus der Speisekammer holen. Kuchen aus der Speisekammer holen? Von Kuchen keine Spur. Nicht ein Krümel. Die Platte mit dem Goldrand war da. Aber Kuchen? Kein Kuchen!

Irritiert ging er ins Fernsehzimmer. Erst versuchte er, sich gegen den Portier des Hotels Fürstenhof durchzusetzen, der gerade einen neuen Urlauber empfing, doch dann schaltete er den TV-Apparat einfach aus. „Wo ist der Kuchen?"

„Heute gibt es keinen", gab meine Großmutter knapp zur Antwort.

Das in 70 Jahren aufgestellte Weltbild meines Großvaters geriet ins Wanken: „Es gibt immer Kuchen. Kaffee und Kuchen."

„Es geht auch mal ohne. Heute nur Kaffee. Stell den Wasserkocher schon mal an. Ich komme gleich zum Aufbrühen."

Ungläubig starrte mein Opa zu seiner langjährigen Ehefrau.

Auch ich traute dem gerade Gehörten nicht und hätte beinahe die vierte Bahn verzogen.

„Aber wir brauchen Kuchen. Der Kaffee ist nicht wichtig", nahm er das Gespräch wieder auf.

Genervt sah meine Großmutter nach oben. „In drei Wochen, im Bürgerhaus, da musst du schon den Anzug tragen. Der Pfarrer wird da sein, vielleicht kommt sogar der Bürgermeister. Deine Anzughose passt nicht mehr richtig. Zwei, drei Tage ohne Süßes tun dir ganz gut."

„Die Hose passt noch. Ich lass den Knopf einfach auf", konterte der angeblich Dickbäuchige.

Doch die Diätexpertin kannte kein Pardon: „Wie sieht denn das aus. Was sollen die Leute sagen. Zwei Kilo weg und Knopf zu. Mach den Fernseher wieder an, ich komme gleich für den Kaffee."

Mit den Ohren und der Aufmerksamkeit am aktuellen Geschehen ging mein Griff ins Leere anstatt zur Tapete. Glücklicherweise deutete im Nebenzimmer aber alles auf einen friedlichen Kompromiss hin. Der Kuchensüchtige hatte eine Lösung gefunden: „Gut, wenn es dir so wichtig ist, dann kaufen wir halt eine neue Hose. Daran soll es nicht scheitern."

Bahn fünf und ich atmete auf. Lösung gefunden, der Freitag konnte seinen gewohnten Gang gehen.

„Neue Hose! Ich glaube, du spinnst! Mit 95 eine neue Hose?!" Offensichtlich gönnte uns Oma nicht den ruhigen Nachmittag. „In einem halben Jahr sind wir vielleicht tot. Was sollen die dann mit einer fast neuen Hose machen? Anziehen will die keiner und zum Wegwerfen wird sie zu schade sein. Die Welt geht nicht unter, wenn du dich ein paar Tage zusammenreißt."

„Dann hast du also nicht gebacken?"

„Nein."

Zu mehr als einem entsetzten Schweigen war mein Opa nicht mehr fähig.

Seine Frau setzte noch einen drauf: „Nein. Heute nicht, morgen nicht und die nächsten Tage auch nicht. Mach den Fernseher wieder an."

Das tat mein Großvater dann auch. Resigniert schlurfte er in die Küche zurück, zog den Stecker vom Wasserkocher und inspizierte die Speisekammer. Kurz darauf ging's wieder ins Fernsehzimmer. „Rosinen sind noch da. Was brauche ich sonst noch?", schrie er gegen das TV-Gerät an.

„Für was?"

„Rosinenkuchen. Ich back' halt selber. Kann ja nicht so schwierig sein."

Ungläubig stellte sie den Fernseher ab. „Bist du noch ganz dicht?"

„Ich schon. Aber du willst ja nicht zur Vernunft kommen. Also, was brauch ich?"

„1 Pfund Mehl, Backpulver, ein halbes Pfund Zucker, halbes Pfund Butter, 4 Eier, ein bisschen Milch und die Rosinen. 160 Grad, 1 Stunde."

Fernseher wieder an. Rücken zu ihrem Gemahl. Wenn Rücken töten könnten … Zorn strömte aus jeder Zelle des zierlichen Frauenkörpers und überzog die ganze Wohnung mit einer ungewohnten Kälte.

Ich fröstelte. Den Tapeten schien es nichts auszumachen. Gelassen hingen sie an der Wand und warfen ihr sanftes Blumenmuster in den Raum.

Aus der Küche hörte ich nun diverses Klappern, Schranktürgeräusche und ärgerliches Vor-sich-hin-Gemurmel. Kurz darauf lief tatsächlich der Mixer.

Ohne Aufpasser durfte ich um die Ecke tapezieren. Trotzdem war ich weniger entspannt als bei der kniffligen Fensterstelle. „Wie viel Eier waren das?" Erschrocken rutschte mir die Tapete aus den Händen. Plötzlich war mein Aufpasser doch wieder da. Aber nicht zum Aufpassen.

„Vier", antwortete ich. Und war mir nicht sicher, ob das richtig war. Durfte ich antworten? Hatte ich mich somit auf seine Seite geschlagen? Sollte ich nicht lieber unparteiisch bleiben?

Ich hob die Tapete auf. Zum ersten Mal in seinem Leben hatte mein Opa ein schwerwiegendes Tapeziervergehen nicht bemerkt. Zusammen mit seinem Tatendrang verschwand er wieder in der Küche.

Meine Gedanken waren bei ihm, wurden aber ständig von den Zornstrahlen aus dem Fernsehzimmer gestört. Eine mir unheilvolle Stimmung beherrschte diese sonst so friedvolle Wohnung.

Ich klebte Tapeten an die Wand und strich Falten glatt. Irgendwann zwischen Bahn 19 und 20 verstummten die Geräusche aus der Küche. Während ich mich um die nächste Ecke arbeitete, verabschiedete sich mein Opa mit einem kurzen „Muss mal an die Luft" und verschwand. Auch die Intrigen im Fürstenhof waren für heute beendet. Mittlerweile beherrschten Panda, Gorilla und Co. das Programm. Gorilla und Co.? Dafür brauchte es heute keinen Fernseher. Der Affenzirkus war schon hier, live vor Ort.

Eine Stunde beziehungsweise neun Bahnen später war der Bäcker wieder da. Er rief uns in die Küche. Ich, und widerwillig auch seine Frau folgten dem Ruf. Der stolze Gockel stand vor dem Backofen, die Klappe hatte er bereits geöffnet. Mit einer energischen Handbewegung gab er mir zu verstehen, dass ich den Kuchen rausholen und stürzen solle. Als artige Enkeltochter gehorchte ich.

Schon beim Hochheben konnte ich das Drama spüren. Unter der wirklich schönen hellbraunen Kruste schwappte es noch. Offensichtlich war der Kuchen nur im äußeren Ansatz gebacken. Der Rest war wohl eher trink- denn essbar. Was sollte ich tun? Die Situation war nicht mehr zu retten. Unter den kritischen Blicken meiner Großmutter stellte ich die Form auf den Tisch. Diese erfahrene Hausfrau erkannte sofort, was passiert war: „Der ist ja gar nicht richtig gebacken. Da hat wohl jemand den Ofen falsch eingestellt."

„160 Grad. Wie befohlen. Da kennt wohl jemand nicht das richtige Rezept!"

Aha, der zweite Akt vom Affenzirkus begann.

„Im Leben nicht waren das 160 Grad. Dann wär' das ganz anders geworden. Wahrscheinlich hast du nur auf 60 oder so eingestellt."

„Ich hab alles so gemacht, wie du es gesagt hast. Ich bin ja nicht blöd."

„Aber ein Schussel. Wahrscheinlich hast du nicht richtig hingeguckt."

„Jetzt reicht's aber. Nur weil du das Rezept nicht auswendig kannst, bin ich jetzt der Dumme. Das gibt's ja wohl nicht. Wo ist das Backbuch?"

„So was haben wir nicht."

„Da ist er ja, der Fehler. Wieso hast du kein Backbuch?"

„Weil ich das alles auswendig kann. So ist das. Schon seit Jahrzehnten."

„Dann weißt du manches halt nicht mehr richtig. Petra, bei wie viel Grad backst du?"

Ich zuckte zusammen und wäre am liebsten weit weg, gerne auch auf dem Fürstenhof oder im Zoo bei den Gorillas gewesen. „Erstens, haltet mich da raus. Zweitens backe ich nicht. Drittens weiß ich deswegen auch nicht, welche Temperatur so ein Kuchen braucht. Und viertens wird mir das hier zu bunt. Macht das unter euch aus. Ich hab' noch Tapeten zu kleben."

Genervt und beunruhigt ging ich an meine Arbeit zurück. Was sollte man da sagen? 160 Grad, das wird schon stimmen. Meine Oma würde doch keine falschen Angaben machen, nur um sein Projekt zu vereiteln? Und wenn, würde sie es niemals zugeben. Wahrscheinlicher aber war, dass er die falsche Temperatur eingestellt hatte. Sicherlich wusste er das auch. Aber auch in diesem Fall war keine Einsicht zu erwarten. Angenommen, sie war im Recht – zumindest was die Temperatur betraf. Sollte ich mich dann auf ihre Seite schlagen? Denn was das ursprüngliche Problem – Kuchen und Hose – betraf, hatte ich Mitleid und vollstes Verständnis für meinen Opa. Gedankenverloren bestrich ich eine Tapete mit Kleister, legte sie zusammen und griff nach dem Telefon. Auf der menschlichen Ebene war dieses Problem nicht zu lösen. Hier halfen nur eine Notlüge und Technik. Ich rief meinen Mann an.

Kurz darauf, pünktlich zur letzten Bahn, stand Michael im Raum. „Laura wurde von meiner Mutter entführt. Da dachte ich, ich nutze die freie Zeit und gucke, wie es so klappt mit dem Renovieren. Alles bereit für die große Feier?"

„Bin gerade fertig", sagte ich.

„Feier wird's wahrscheinlich keine geben." Plötzlich stand mein Großvater im Raum. „Deine Schwieger-Oma ist beleidigt und wird sich so schnell nicht wieder beruhigen. Da sind drei Wochen zu kurz."

„Außerdem hat der alte Simpel keine Hose. Zumindest keine, wo der Knopf zugeht", rief es aus der Küche.

Mit ernster Miene schaute Michael in die Runde: „Ja … dann … wenn das so ist. Dann bestellen wir das Essen wohl besser ab. Aber, schönes Wohnzimmer habt ihr jetzt. Wird die Küche auch noch neu gemacht?" Und schon betrat er die Bühne des Theaterstücks „Die Hose, ein Kuchen und die Temperatur". Seine Nasenflügel begannen zu beben. Offensichtlich hatte ihn die Dramatik der Situation bereits voll ergriffen. Sein Blick verfinsterte sich. Besorgt schaute er sich um: „Was riecht denn hier so komisch? Irgendwie verkokelt."

Verstört, aber aufrichtig unschuldig, sahen wir ihn an. Der Kuchen konnte es ja nicht sein. Wie wir wussten, war der weit weg vom Zustand des Verbranntseins.

„Merkt ihr das nicht?" Mit der Nase voran schritt er die Küche ab. Vor dem Herd blieb er stehen und rückte ihn ein Stück von der Wand. Sein Kopf verschwand hinter dem Gerät. „Tss, da ist ein Kabel angeschmort. Gefährlich, gefährlich. Ich hol mal schnell Werkzeug aus dem Auto und richte das. Zum Glück bin ich mit dem Firmenwagen da."

Ehe wir etwas sagen konnten, flitzte er nach draußen, kam mit Schraubenzieher, einem Stück Kabel und einem Messgerät zurück. Er klemmte sich zwischen Spüle und abgerückten Herd und fummelte – irgendwas. Kurz darauf schob er alles wieder an seinen Platz und verkündete den ordnungsgemäßen Abschluss der Reparatur.

„Dann kann der ja wieder rein", freute sich mein Großvater mit einem Blick auf den Gugelhupf, um dann: „Stimmt das wohl doch mit den 160 Grad", zu murmeln. „Da kann ich aber auch nichts dafür, wenn ausgerechnet heute der Ofen kaputtgeht. Den Kuchen müssen wir jetzt aber schon noch backen und essen. Wegwerfen wäre doch zu schade. Danach kann ich ja immer noch ein paar Tage fasten, damit die Hose passt."

Oma lächelte nur leicht, aber versöhnlich, und stimmte der Wiederaufnahme des Backvorgangs zu.

Eine Stunde später gab es Kaffee und Kuchen zum vorgezogenen Abendessen. Und noch eine Stunde später versetzte ich den Knopf von der Anzughose, damit es auch in den nächsten Tagen noch gemütliche und kalorienreiche Nachmittagsstunden geben durfte.

Mein Mann ist Techniker und Naturwissenschaftler.

Klingt praktisch? Ist es auch – im Alltag.

Doch in gewissen Momenten sind Technik und Wissenschaft hinderlich …

Sternenblinzeln

„Der Stern blinzelt uns zu. Der dort drüben auch. Der ganze Himmel blinzelt."

„Bewegungen in der Atmosphäre. Sterne blinzeln nicht."

Mich blinzeln die Sterne an. Nur mich. Für dich bewegt sich Atmosphäre. Blinzeln ist schöner. Viel schöner. Bei mir blinzeln Sterne – bei dir bewegt sich Atmosphäre. Ich bin hier. Du bist hier. Oder bist du nur da? Hier ist anders als da. Ich bin auf jeden Fall hier. Hier, wo die Sterne blinzeln.

Gänsehaut – Gänse laufen über meine Haut.

„Ist dir kalt?"

„Nein, Gänsehaut."

„Westwind."

Ich vergaß. Ich bin hier und du bist da. Hier laufen Gänse. Da ist Wind – Westwind. Hier ist anders als da.

Viele Gänse laufen über meine Haut. Ich komme näher. Lege deine Arme um mich. Krieche ganz nah an dich ran. Vielleicht laufen die Gänse ja über. Auf mir werden es weniger.

„Sind sie jetzt bei dir?"

„Wer?"

„Die Gänse."

„Welche Gänse?"

Wo sind sie hin? Zu den Sternen? Sitzen sie jetzt auf den Sternen und blinzeln? Blinzelnde Gänse auf blinzelnden Sternen? Sie können dort oben sitzen bleiben. Du willst sie ja nicht.

Ich lege meinen Kopf in deinen Schoß, blinzle in den Himmel und suche die Gänse. Doch sie sind weg. Können nicht mehr zu dir laufen.

Deine Finger fangen an, zu laufen. Du liegst jetzt neben mir. Deine Finger laufen, laufen zu mir. Laufen über meine Nase, durch meine Haare, finden ein Ohr. Laufen über meinen Mund. Mein Mund sucht deinen Mund – ganz vorsichtig. Deine Finger laufen weiter. Laufen über meinen Bauch. Die Gänse kommen zurück. Die Finger laufen und sie bringen die Gänse mit. Alle laufen, Finger und Gänse. Auch meine Finger laufen, laufen über zu dir. Und sie können es spüren. Jetzt sind sie auch bei dir, die Gänse. Die Gänse sind übergelaufen.

„Der Stern blinzelt mich an."

„Die Nacht blinzelt uns beide an."

Ich liebe es, wenn du hier bist.

Das mit der Liebe ist so eine Sache. Meistens eine wunderbare Sache. Auch nach mehreren Jahrzehnten bin ich eine überzeugte Liebende. Heute mehr als früher.

„Dieses Kribbeln im Bauch. Vermisst du doch auch?"

Ein schönes Lied, aber nein, ich vermisse es nicht. Diese Ebene, auf der Michael und ich uns nach so vielen Jahren befinden, die liebe ich.

Verliebtsein ist schön, Lieben ist schöner.

Verliebtsein ist anstrengend. Unser Freund Frank erlebte erst vor Kurzem, wie anstrengend es sein kann ...

Frank, ich liebe dich

Um 7:25 Uhr nahm er wahr, dass die Aufzugstür sich öffnete. Sein Gehirn war überlastet. Vier Worte tanzten in seinem Kopf Tango und Walzer. So sehr er sich auch bemühte – es gelang ihm nicht, sie in einen ruhigeren, gleichmäßigeren Takt zu zwingen. Die Leute im Aufzug schienen davon unberührt. Wenigstens äußerlich gefasst, trat er ein und drückte „E". Die Tür schloss sich, und die Kabine schlich mit einem leisen Surren dem Erdgeschoss entgegen. „Summsummsumm", unterbrochen von einem „Klack", sobald der Lift ein Stockwerk passierte.

„Summsummsumm Klack": vierter Stock.

„Summsummsumm Klack": dritter Stock.

„Summsummsumm Klack": Frank, ich liebe dich.

„Summsummsumm Klack": Frank, ich liebe dich. Frank, ich liebe dich. Frank, ich liebe dich."
„Klack, bing": endlich Erdgeschoss – Ausgang – Licht – Luft. Er stand am Straßenrand und atmete tief durch, während er auf den Bus wartete. Warten – jeden Morgen wartete er drei Minuten. Drei Minuten – heute 180 Sekunden – heute 90 Mal zwei Sekunden – heute 90 Mal „Frank, ich liebe dich."

Verspätung – erst nach 93 „Frank, ich liebe dich" kam das Brummen des Dieselmotors näher. Der

Bus hielt, er stieg ein und setzte sich. Zum Glück ein Einzelplatz. Niemand in der Nähe, der sich durch die tanzenden und singenden Stimmen gestört fühlen konnte. Dennoch errichtete er einen Schallschutz mithilfe der Tageszeitung. Hinter den großen Seiten wanderten seine Augen über die Zeilen. „Außenminister zu Besuch in den USA" – Frank, ich liebe dich. „Bombenalarm in der Innenstadt" – Frank, ich liebe dich. „Eintracht Frankfurt Deutscher Meister" – Frank, ich liebe dich. Heute war er nicht in der Lage, den Sinn der Buchstaben zu erfassen. Zu schnell sprangen sie aus ihrer Ordnung und setzten sich wieder zu den vier Worten zusammen. An der Haltestelle sperrte er die Schriftkobolde in den Aktenkoffer. Gedämpft, aber deutlich, hörte er noch immer ihren Singsang durch das Leder: „Frank, ich liebe dich."

In Trance erklomm er die Treppenstufen zu seinem Büro. Jeder Schritt, jeder Tritt: „Frank, ich liebe dich." Er öffnete die Tür, setzte sich, schaltete den Computer an und versuchte, die Zeichen zu erkennen, die über den Bildschirm liefen. Dann stand er entschlossen wieder auf, ging zielstrebig drei wackelige Schritte nach vorne und blickte seinem Kollegen fest in die Augen: „Frank, ich liebe dich!"

So, jetzt aber genug mit der Romantik. Schluss mit der Rumschwärmerei. Zurück in die Realität ...

Das Foto

Erinnern Sie sich noch an meine Großeltern? Das ältere Ehepaar, für das ich das Wohnzimmer tapeziert habe? Sicherlich haben Sie die Geschichte nicht vergessen. Das Drama mit dem Kuchen und der Temperatur, ausgelöst durch eine Hose.

Wie wir wissen, hat es ein glückliches Ende gefunden. Alles ging gut aus. Und gefeiert wurde natürlich auch. Ehejubiläum, 65. Hochzeitstag, Eiserne Hochzeit, bestimmt sind die Informationen noch in Ihrem Kopf. Wie gesagt, das Fest fand statt. Schon morgens kamen Nachbarn, Bekannte, Hinz und Kunz. Alle saßen, ohne sie zu würdigen, vor den neuen Tapeten und überbrachten Glückwünsche. Wie von meiner Oma vorhergesehen, kam der Herr Pfarrer und ja, auch der Bürgermeister erschien persönlich. Am Abend blickten wir alle auf einen fröhlichen Tag und ein gelungenes Fest zurück und waren zufrieden, dachte ich – und irrte. Kaum war der letzte Gast verschwunden, wurde ich von meiner geliebten Großmutter in die Realität geholt.

„Wie kannst du uns bloß so blamieren? Was sollen die Leute denken!"

„Häh?", reagierte ich erschrocken. Manchmal klappt's auch bei mir mit dem Dialekt.

„Ich meine den Artikel in der Zeitung. Der ist doch von dir? Oder?"

„Ja, der ist von mir. Du wolltest doch nicht, dass, ich zitiere ,irgend so ein Hannebambel von dem Käsblatt kommt und Geschmuß schreibt, von wegen die Jubilare widmen sich gemeinsam der Gartenarbeit'. Da habe ich selber was geschrieben. Ich fand, 65 Jahre sind ein paar Zeilen in der Zeitung wert."

„Papperlapapp", wurde ich unterbrochen, „so eine Blamage."

„Mir hat der Artikel gefallen. Und der Zeitung auch. Sonst hätten sie es wohl kaum gedruckt."

„Ach, gegen das, was du geschrieben hast, sag ich ja gar nichts. Aber das Foto! Ich dachte heute Morgen, mich trifft der Schlag. Dein Opa findet's natürlich witzig. Aber was weiß der schon? Nein, nein – so was."

„So – was?" Ich verstand es nicht.

Vielleicht wollte ich es auch nicht verstehen. Immerhin war das Foto das Schwierigste an dem Artikel gewesen. Denn als ich mein Geschreibsel zur Zeitung brachte, wollten sie es nicht annehmen. Nicht so. So ohne Bild. „Gerade solche Geschichten leben von den Bildern", teilten sie mir mit. „Der Leser möchte sehen, von wem hier die Rede ist. Bringen Sie uns ein Foto von den beiden und der Artikel erscheint pünktlich am Jubiläumstag."

Ein Foto. Keine Schwierigkeit, sollte man meinen. Ich fand auch einige Bilder. Oft war auch mein Grinsegesicht mit drauf. Allerdings war ich da noch nicht mal zehn Jahre alt. Dies bedeutete im Gegenzug, dass auch meine Großeltern lockere 20 Jahre jünger als heute waren. Diesen fast noch Jugendlichen würde kein Leser dieser Welt den 65. Hochzeitstag abkaufen.

Ein Foto. Ein neues Foto musste her beziehungsweise musste gemacht werden. Aber unauffällig. Einfach besuchen und rufen: „Hey, lange kein Foto von euch geschossen. Setzt euch doch mal auf die Couch. Ach Oma, richte vorher deine Frisur. Und Opa, kannst du vielleicht ein frisches Hemd anziehen?" Das wäre einfach, aber nicht unauffällig. Wenn die beiden auch nur einen Hauch von Zeitungsartikel riechen würden, bedeutete das für mich Teufels Küche, Enterbung und im schlimmsten Fall sogar Kuchenverbot.

Ein Foto. Ein hübsches Foto. Am besten wäre es, das Foto zu knipsen, wenn die beiden sowieso schon etwas schicker gekleidet waren. Nicht zu schick, aber doch etwas herausgeputzt. Eine Familienfeier oder Ähnliches wäre nicht schlecht.

Ein Foto. Ein Foto auf einer Feier. Plötzlich erschien alles ganz einfach. Mein Geburtstag stand an. Schon übermorgen konnte ich ein wunderschönes Foto von den beiden schießen.

Ein Foto? Viele Fotos würde ich machen. Von der ganzen Geburtstagsgesellschaft. Alle würde ich vor die Linse locken. Und ganz unauffällig würde ich auch meine Großeltern fotografieren. Ach, das Leben kann so einfach sein, dachte ich.

Das Foto. Das Foto war dann eine der größten Herausforderungen, die ich bis dahin zu meistern hatte. Schon mit dem Apparat bewaffnet, begrüßte ich das zukünftige Jubelpaar. Ich half ihnen aus den Mänteln, begleitete sie in mein Wohnzimmer und musste mit ansehen, wie sich die beiden an den Tisch setzten. Jeder an ein anderes Ende.

Ein Foto. Ein gemeinsames Foto war also vorerst nicht möglich. Nein, den alten Simpel hätte sie den ganzen Tag um sich herum. Auch habe sie mit Tante Helga genug zu besprechen, ließ mich meine Oma wissen. Und auch er war kein Stück einsichtiger. „Lass mich doch hier sitzen. So nette Gesellschaft habe ich nicht alle Tage", sagte er und unterhielt sich weiter mit meinen Freundinnen. Ich bauschte die angeregte Unterhaltung zu einem Flirt auf und verpetzte alles an seine Ehefrau. Doch anstatt aufzustehen und die Sache durch ihre Anwesenheit zu beenden, lächelte Oma nur großzügig und tauschte weiter Informationen über Strickmuster aus. Sie war sich ziemlich sicher, dass der „alte Simpel" nachher wieder mit ihr nach Hause dackeln würde.

Ein Foto. Ein Foto wollte irgendwie auch in den nächsten zwei Stunden nicht gelingen. Ich gab auf. Immerhin hatte ich jetzt Bilder, auf denen beide zu sehen waren – wenn auch getrennt voneinander. Vielleicht konnte ich das Problem mit Photoshop lösen. Oder der Zeitungsartikel musste alleine funktionieren. Oder was auch immer. Das konnte ich in den nächsten Tagen überlegen. Jetzt wollte ich einfach nur den Rest meines Geburtstages genießen. Allzu lange würde die Feier nicht mehr dauern. Die ersten Gäste verabschiedeten sich schon. Darunter auch meine Großeltern. Bereits in Mantel und Jacke standen die beiden an der Haustür. Und da war sie, die Gelegenheit. Und meine Freundin ergriff sie. Mit einem freundlichen „Zum Abschluss noch ein schnelles Bild" drückte sie auf den Auslöser und vollendete das, was für mich den ganzen Abend unmöglich gewesen war.

Ein Foto. Das Foto. Endlich. Ich war froh. Die Zeitung war zufrieden. Und so konnten es am 22.12. die Leser in der Wetterau bewundern:

Abgesehen von meiner Großmutter hat sich niemand beschwert.

Ich liebe dieses Foto. Es ist so herrlich „mitten aus dem Leben". Oder, wie meine Oma sagte: „Einfach furchtbar! Der Opa hat die Kappe auf."

Nur wenige feiern ihren Hochzeitstag im Dezember. Trotzdem ist es für viele der schönste Monat des Jahres: Der Zauber von Weihnachten liegt in der Luft.

Weihnachten, Nikolaus, Advent – verbunden mit Enkelkindern, das ist eine Mischung, die einen Zauber entstehen lässt, dem sich Großeltern (leider) nicht entziehen können.

Geschenketagebuch

Sonntag, 14. November

„Ist gut. Gar kein Problem. Und sowieso viel vernünftiger", stimmt mir meine Schwiegermutter zu. „Weißt du, früher – früher, da waren wir mit wenig zufrieden. Als ich ein Kind war, war Weihnachten noch etwas Besonderes. Wir hatten ja nicht viel, trotzdem waren wir glücklich. Mein größter Schatz war eine kleine Puppenküche. Jedes Jahr zu Weihnachten wurde sie vom Dachboden geholt und ich habe die ganzen Feiertage damit gespielt. Dann wurde sie wieder weggeräumt und die Vorfreude auf das nächste Jahr begann."

Ich bin erleichtert. Eine Oma habe ich also überzeugt. Mit der anderen würde ich auch noch einig werden. Nach der letztjährigen Geschenkeflut wollen wir die Sache etwas eindämmen. Weihnachten wieder kleiner halten. Pro Großeltern nur ein Geschenk. Wem das zu wenig ist, dem steht es frei, auf dem Sparbuch seiner Enkelin eine zusätzliche Spende zu hinterlassen.

Zwei Stunden später steht auch meine Mutter dem Ein-Geschenk-Projekt positiv gegenüber. Auf dem Heimweg informiere ich meinen Mann über die heutigen Erfolge. Wir sind froh, dass wir die Pläne für die Geschenkehalle und den damit verbundenen Hausanbau erst mal auf Eis legen können.

Samstag, 27. November

Um die Einhaltung der neuen Weihnachtsregel zu erleichtern und zu überwachen, habe ich den Geschenkekauf persönlich übernommen. Für meine Schwiegereltern habe ich rosa Bettwäsche mit der absoluten Rosa-Lieblings-Glitzer-Fee auf dem Kopfkissen besorgt und auch bei Oma und Opa in der Stadt liefere ich diese Glitzer-Fee ab. Nur dass sie hier einen Schlafanzug und Hausschuhe schmückt, was zu einem entzückten Das-passt-ja-genau-zu-dem-Schminkset-das-ich-gestern-bei-NKD-gesehen-habe-Ausruf führt. Ich erinnere an die Ein-Geschenk-Regel und hoffe, dass mein strenger Blick zusätzlich Wirkung zeigt.

Montag, 29. November

Ich treffe meine Schwiegermutter im Supermarkt. Zwischen Fleischtheke und Joghurtregal beichtet sie mir, dass sie gestern zwei Puppenkleidchen hat kaufen müssen. Wirklich müssen. Sie konnte ja gar nicht anders, wurde von den Umständen gezwungen. Zusammen mit Gisela habe sie den Weihnachtsmarkt der Landfrauen besucht. Und weil sie die Landfrauen so gut kenne, und auch weil Gisela Holzschnitzereien für ihren Enkel gekauft hätte, da hätte sie eben auch etwas kaufen müssen. Deshalb die Puppenkleidchen. Handgenäht und weil man doch auch die Arbeit der Landfrauen unterstützen müsse. Meinen Einwand, dass ein Kaffee und zwei Stück Kuchen auch eine gute Zuwendung gewesen wären, ignoriert sie und verschwindet zwischen den Regalen mit den Putzmitteln.

Dienstag, 30. November

Früh am Morgen klingelt das Telefon: meine Mutter. Sie erklärt mir, dass sie mit Lauras anderer Oma geredet habe und jetzt Bescheid wisse. Alles wisse sie, alles über den Landfrauenweihnachtsmarkt und alles von den Puppenkleidchen. Ob ich denn wisse, dass ihre Enkelin gar nicht im Besitz einer Puppe für diese Kleider sei. Ja, dies sei mir durchaus bewusst, erkläre ich, da ich ja auch weiß, dass meine Tochter, im Gegensatz zu ihren Großmüttern, überhaupt gar kein Interesse am Spiel mit Puppen hat. Ich versuche außerdem, zu erklären, dass ich mit dem Kauf der Kleider weder etwas zu tun habe noch dass ich dem positiv gegenüberstände. Doch am anderen Ende der Leitung hatte man das Gespräch bereits beendet.

Sonntag, 5. Dezember

Michael und ich gönnen uns einen Glühweinnach-
mittag mit Freunden auf dem Frankfurter Weihnachtsmarkt. Um Laura den Anblick angetrunkener
Eltern zu ersparen, verbringt sie den Nachmittag
und die Nacht bei den Großeltern mütterlicher-
seits. Naiv wie wir sind, winken wir noch freudig
hinterher, als die drei Richtung „Verkaufsoffener
Sonntag" enteilen.

Montag, 6. Dezember

Nur knapp überleben wir diesen Tag mit Glüh-
weinkater und Kindergarten-Nikolausfeier. Unser
Kind erzählt uns freudig vom gestrigen Einkaufs-
und Schaufensterbummel und der ganz riesengroßen Spielwarenabteilung in dem echt riesengroßen
Kaufhaus. Sie waren wohl bei Karstadt.

Samstag, 11. Dezember

Was den einen recht ist, sei den anderen auch ver-
gönnt. Nachdem sie einen Tag mit den Großeltern
in der Stadt verbracht hat, dürfen heute Oma und
Opa vom Lande ihre Enkelin verwöhnen. „Wenigstens gibt es dort keine Kaufhäuser", murmele
ich und blicke versonnen dem Auto hinterher, das

langsam Richtung Sonnenuntergang entschwindet. Ich weiß, ich bin ein naiver Trottel. Konsum ist auf dem kleinsten Dorf möglich. Dafür wurden schließlich die Versandhauskataloge erfunden.

Mittwoch, 15. Dezember

Mein Mann kommt von einer Kurzvisite aus seinem Geburtshaus zurück. Im Bügelzimmer habe er Pakete und Paketchen verschiedener Größen entdeckt. Darauf angesprochen, hätten seine Eltern nur schuldbewusst geschwiegen. Am Abend huschen wieder Gedanken an einen Hausanbau durch unsere Köpfe.

Nach einer unruhigen Nacht suche ich gleich am nächsten Morgen telefonischen Kontakt. „Nein, wir wären uns doch einig gewesen. Nur ganz wenige Geschenke", flötet es aus dem Hörer. Meine Erinnerung an die Ein-Geschenk-Regel wird mit Großelterngefühlen, Weihnachten sei nur einmal im Jahr und überhaupt wären es auch nur wenige kleine Kleinigkeiten, die sie besorgt hätten, beantwortet. Und außerdem solle ich lieber mal meine Seite der Verwandtschaft mit Kontrollanrufen vom Frühstück abhalten.

Was ich auch sofort tue. Diesmal habe ich meinen Vater an der Strippe. Er versucht noch nicht einmal, irgendetwas abzustreiten. Er verschönert die Wahrheit nur geringfügig zu seinen Gunsten. Bettwäsche, das sei doch kein richtiges Geschenk. Und Puppenkleider, Puppenwagen – Puppenwagen? Ich traue meinen Ohren nicht – er wisse doch, dass seine kleine Maus mit so etwas gar nicht gerne spiele. Aber als er da gestern bei Tchibo vor dem Regal stand …

Ich gebe auf. Die Geschenkeflut wird kommen, dem Kaffeeröster sei Dank.

Freitag, 24. Dezember – Heiligabend

Wir waren im Gottesdienst, haben uns am Krippenspiel erfreut und anschließend gab es Würstchen und Kartoffelsalat. Nun sitzen wir mit Kind, Großeltern und den Geschenken vor dem Weihnachtsbaum. Laura springt im Rosa-glitzer-Schlafanzug und den passenden Hausschuhen durch den Raum. Gleich heute Nacht will sie in der neuen Feen-Bettwäsche schlafen. Sie ist glücklich. Alles, was sie sich gewünscht hat, hat das Christkind gebracht. Es war brav gewesen, das Christkind. Für unseren Geschmack zu brav. Es gibt noch eine Puppe von der einen Oma, die von der anderen Oma in die neuen Kleidchen gehüllt wird. Ihre Enkeltochter interessiert sich weder für Puppe noch für deren Kleidung. Besser sehen die Chancen für den Puppenwagen aus. Laura setzt kurzerhand ihren heißgeliebten Teddybären hinein. Diesen behängt sie mit Halsketten, die sie aus einem weiteren Geschenkepaket holt. Ehe sie sich auf die große Tour mit Bär und Wagen macht, verschönert sie sich noch mithilfe eines neuen Schminksets. Ihr Opa will ihr noch die Tchibo-Zaubertafel erklären, doch Laura lehnt beschäftigt ab. Zwei weitere Geschenke bleiben erst einmal ungeöffnet. Falls es niemandem auffällt, werde ich sie nachher heimlich verschwinden lassen – das nächste Fest kommt bestimmt.

Von der Weihnachtsstimmung ergriffen, singt Laura voller Inbrunst Schingelbälls und fährt mit ihrem Bären durch die geschmückte Stube und das Geschenkpapier.

Ihr Vater hat sich mittlerweile die Tafel geschnappt und zeichnet Pläne für die Erweiterung des Kinderzimmers.

Meine Schwiegermutter betrachtet das Ganze mit leicht feuchten Augen. „Früher – früher da waren wir ja mit ganz wenig zufrieden …", fängt sie an zu erzählen.

Ich atme tief durch und freue mich mit meinem Kind. Es ist Weihnachten. Aufgeräumt und aufgeregt wird sich an anderen Tagen.

Die Sache mit der Ein-Geschenk-Regel habe ich nach diesem Weihnachtsfest übrigens aufgegeben. So gab es auch die nächsten Jahre wieder „ein paar wenige Kleinigkeiten". Bei Laura hat es, soweit wir es beurteilen können, keinen größeren Schaden hinterlassen.

Um den Großeltern das schlechte Gewissen zu nehmen, habe ich ihnen einfach alles erlaubt. Ein, zwei Geschenke mehr oder weniger – was soll's. Ich weiß, was machbar ist und wann man besser aufgeben sollte.

Ich bin ein durch und durch realistischer Mensch. Wenn keine Aussicht auf Änderung besteht, finde ich mich mit der Wirklichkeit ab.

Dinge nüchtern und realistisch betrachten, das ist meine Art. So bin ich halt – in fast allen Lebenslagen …

An

die Verantwortlichen der Sportgemeinde Eintracht Frankfurt

c/o Commerzbank-Arena

60528 Frankfurt am Main

Liebe Eintracht Frankfurt!

Sehr geehrte Herren Spieler!

Ich schreibe Ihnen heute nicht nur als Fan, sondern als Mutter, ganz besonders als Mutter. Ich befinde mich in einer Zwickmühle. Ich habe mich zu Aussagen verleiten lassen, auf deren Garantie ich leider nicht allzu großen Einfluss habe. Darum dieses Schreiben. Ich benötige Ihre Hilfe.

Gestern besuchte meine Tochter, zusammen mit mir, zum ersten Mal ein Bundesligaspiel in Ihrer wunderschönen Commerzbank-Arena. Jetzt, da Laura schon seit fast einem Jahr die Schule besucht, also der Ernst des Lebens begonnen hat, dachte ich, es wäre an der Zeit, einen weiteren Schritt Richtung Erwachsenwerden zu wagen. Von Geburt an ist sie auf dem rechten Weg. Wir haben unsere Kleine immer gut behandelt. Haben sie stets beschützt und waren bemüht, jedes Unheil von ihr abzuwenden. Bisher sind wir überglücklich mit dem Ergebnis. Wir können nicht viel falsch gemacht haben.

Was Fußball betrifft, habe ich meiner Tochter alle Möglichkeiten offengehalten und habe nur vorsichtig und nebenbei mit Badeenten, T-Shirts und Fußbällen im Adlerlook die Entscheidung für ihren Lieblingsverein ein klein wenig beeinflusst.

Wie bereits erwähnt, stand gestern der erste Stadionbesuch an. Es war ein grandioser Tag. Bereits während der Zugfahrt wurde Laura in die Fangemeinschaft aufgenommen. Natürlich haben wir eine frühe S-Bahn genommen. Trotzdem gab es keine Sitzplätze mehr. Aber vom Gedränge der anderen Mitfahrer blieben wir verschont. Einige große, stämmige Männer bildeten einen Halbkreis, um das kleine zuckersüße Mädchen mit dem Pferdeschwanz und dem rot-schwarz-gestreiften Trikot zu beschützen. Meine Tochter, sonst eher ängstlich bei großen Menschenansammlungen, genoss sichtlich die Aufmerksamkeit und Fürsorge.

Auf dem Weg von der Haltestelle bis zum Stadion stieg ihr Fußballfieber unaufhörlich. Mit jeder Pore ihres Körpers nahm sie die Anspannung und Vorfreude der Mitläufer in sich auf. Sie war eindeutig nicht mehr sie selbst, sondern fühlte sich als wichtiger Teil der Fangemeinde.

An der Commerzbank-Arena angekommen, ging erst einmal alles seinen Gang. Geldkarte aufladen, Brezel holen, Fanta kaufen. Mein Kind war schon glücklich, ehe es das Spielfeld überhaupt gesehen hatte. Wir gingen die Treppe zu den Tribünen hoch und es folgte der erste Blick ins Stadioninnere. Der erste überwältigende Blick. Und Laura war überwältigt. Vorsichtig schob ich sie zu unseren Plätzen. Doch auch im Sitzen war das Kind noch immer überwältigt. Gegentribüne, Reihe 14, die Spieler beim Aufwärmtraining fast zum Anfassen. Die Fankurve füllte sich, Fahnen wurden geschwungen, die Stimmung stieg und sollte sich noch weiter steigern. Mit Mutter- und Fanstolz kann ich Ihnen verkünden, dass noch niemals ein Kind so inbrünstig „Im Herzen von Europa" gesungen hat. Und auch beim Verkünden der Mannschaftsaufstellung war sie voller Eifer dabei. Danach flitzten ihre Augen unaufhörlich durch das Stadion und der kleine Mund plapperte, plapperte und plapperte. In der 13. Spielminute stellte sie voller Schrecken fest, dass die ja schon spielen.

Von da an versuchte sie, ruhiger zu sein, doch es gelang ihr nicht. Die Augen schauten und der Mund plapperte. Das Plappern wurde nur zwei Mal durch die Tore unserer Mannschaft und den dazugehörigen Rufen von Stadionsprecher und Fans unterbrochen. Laura war so überwältigt. Überwältigt hat sie das Stadion verlassen. Überwältigt hat sie mit den anderen Fans in der S-Bahn gestanden. Überwältigt ist sie nach Hause gekommen und hat ihrem fußball-ignoranten Papa von unserem Sieg erzählt.

Und so überwältigt ist sie ins Bett gegangen.

Da lag es jetzt also, dieses kleine überwältigte Eintracht-Frankfurt-Mädchen, eingekuschelt in ihre Decke. Überwältigt und überglücklich. Und während ich ihr eine Locke aus dem Gesicht streichelte, fragte sie mich: „Werden wir Deutscher Meister?"

„Na klar!", hörte ich mich sagen – was hätte ich auch anderes sagen sollen. Mit meiner schnellen Antwort verhinderte ich die Zerstörung von Urvertrauen, Zuversicht und dem Glauben an das Gute. Sicherlich sprach auch der tiefsitzende Wunsch eines langjährigen Fans aus mir. Der Fan wurde aber bereits in der nächsten Sekunde vom Realisten eingeholt und ich milderte mit einem „vielleicht nicht gleich" meine Aussage ab.

„Aber bestimmt bald. Und ich will dann dabei sein", murmelte meine Tochter und schlief mit einem zufriedenen Lächeln ein.

„Und wir sind dann dabei", schmunzelte ich im Dunkeln und ein Vorgefühl des Glücks lief über meinen Rücken.

So, und jetzt ist es an Ihnen. Verhindern Sie bitte, dass die Träume eines kleinen Mädchens zerstört werden. Helfen Sie, dass diese Kinderaugen weiterhin glücklich bleiben. Nichts mehr mit Abstieg und ähnlich bösen Dingen. Für das ganz große Ziel, die Meisterschale, habe ich Ihnen mit „vielleicht nicht gleich" noch einen kleinen Vorsprung gegeben. Nutzen Sie ihn. Aber trödeln Sie bitte nicht zu lange. Kleine Mädchen und auch erwachsene Mütter sollten nicht enttäuscht werden.

Mit sportlichen und mütterlichen Grüßen

Petra Wagner

Das Leben besteht nicht nur aus Wochenenden und Fußball – leider. Jedem Sonntag folgt ein Werktag. Und auch die, die noch nicht ins Werk müssen, haben oftmals unter den Werktagen zu leiden.

So wie unsere Tochter. Manchmal vergisst sie, dass Schule auch irgendwie Arbeit ist. Doch die Realität holt sie wieder ein. Oft an einem Sonntag, dem letzten freien Tag vor dem nächsten Werk- bzw. Schultag.

Sonntag, ein freier Tag, der sich manchmal in einen Arbeitstag verwandelt, ehe der nächste Werktag überhaupt begonnen hat ...

Ein Paket, der Bahnsteig oder einfach nur ein schlechter Tag

Der Tag hatte böse angefangen. Schon am frühen Morgen hatte nichts geklappt. Manchmal wird ein Tag, der schlecht beginnt, im Lauf der Stunden noch ganz erträglich. An diesem aber wurde es einfach noch schlimmer. Der Abend schließlich versprach, alles in den Schatten zu stellen.

Dass dieser Abend so unerträglich wurde, hatte sie sich selbst zuzuschreiben. Es gab niemanden, dem sie das in die Schuhe schieben konnte. Drei Wochen hatte sie für ihren Aufsatz Zeit gehabt. Drei Wochen, eine lange Zeit. Drei Wochen, es schien ihr, als seien es drei Tage gewesen. Drei Wochen, und sie hatte die Arbeit auf den nächsten, den nächsten und wieder auf den nächsten Tag verschoben. Jetzt saß sie an ihrem Schreibtisch und ärgerte sich über ihre Trödelei. Am nächsten Tag musste sie den Aufsatz vorlegen. Sie starrte auf die Aufgabenstellung. Drei Anfänge von drei Geschichten. Eine davon sollte sie zu Ende erzählen. Schon die Entscheidung für einen der drei Texte schien ihr unmöglich. Sollte sie über ein geheimnisvolles, besonderes Paket schreiben oder über einen Mann, der einsam auf einem Bahnsteig stand und einem Zug nachblickte? Dann war da noch der Tag, der böse anfing und noch schlimmer endete.

Alle drei Anfänge schienen auf den ersten Blick ausbaufähig. Aber zu keinem kam ihr auch nur die kleinste Idee. Und trotzdem, aus einem von diesen verflixten Texten musste sie eine Geschichte entwickeln. Es musste ihr etwas einfallen und das schnell. Sie verfluchte ihre Faulheit, ihren Deutschlehrer und das schöne Wetter. Dieses heimtückische Wetter. Ständig regnete es, warum nicht in den letzten drei Wochen? Warum hatte es keinen Schneesturm gegeben, der sie gezwungen hätte, im Haus zu bleiben. War einem Lehrer eigentlich bewusst, dass es noch andere Fächer gab, für die Aufgaben erledigt werden mussten? Wahrscheinlich nicht oder vielleicht doch, denn immerhin hatte er für den Aufsatz drei Wochen Zeit gegeben. Na gut, es gab keine Ausrede. Sie ärgerte sich über sich selbst und ihre Angewohnheit, alles bis zum letzten Moment aufzuschieben.

Blind tippte sie mit dem Finger auf das Aufgabenblatt. Und das Thema des Abends war: Der Mann auf dem Bahnsteig. Entschlossen griff sie nach Block und Stift. Stichwortartig schrieb sie alles auf, war ihr in den Sinn kam: Bahnsteig – Zug fährt aus dem Bahnhof – Mann zieht nachdenklich an einer Zigarette – Asche glüht im Dunklen – langer Mantel – Kragen hochgestellt – großer Hut. Abrupt stoppte sie. Mein Gott, steht der Mann auf einem Bahnsteig oder in einer Szene von Casablanca? Ärgerlich zerknüllte sie das Papier. Das ist doch alles Mist, so wird das nichts. Vielleicht probier' ich die Geschichte mit dem Paket aus. Ohne zu schreiben, überlegte sie: Ein Paket kommt mit der Post. Es sieht ganz normal aus. Doch mit diesem Paket hat es eine besondere Bewandtnis. Verflixt noch mal, was geht mich dieses blöde Ding an, dachte sie. Wahrscheinlich hat da jemand einen Ehering für einen postalischen Heiratsantrag verschickt. Oder eine Frau überrascht ihren Liebsten mit einem Strampelanzug, weil sie Nachwuchs erwarten. Wahrscheinlich bekommt ihr Freund, noch an der Tür, vor Schreck einen Herzinfarkt. Das hat sie dann davon, schwanger und der Kindsvater im Himmel. Was für ein Blödsinn. Besondere Sachen kommen nicht mit der Post, die überbringt man persönlich.

Völlig genervt starrte sie auf das leere Blatt. Wie war noch mal die dritte Aufgabe? Ach ja: Der Tag hatte böse angefangen und wurde in seinem Verlauf schlimmer. Na und, ging es ihr durch den Kopf, meiner war bisher auch nicht gerade die Krönung. Und wenn mir nicht gleich etwas einfällt, wird er schlimm enden, ganz zu schweigen von morgen. Mit einem energischen Wurf landete der Kugelschreiber auf dem Boden hinter ihr. Sie stand auf und stampfte mit großen Schritten durchs Zimmer. „Scheißtag!", brüllte sie, „Scheißtag,

Scheißfaulheit, Scheißdeutsch, Scheißabend!" Sie setzte sich wieder an den Schreibtisch und stützte ihren Kopf auf die Hände. Gedanken schwirrten wirr umher. So schlimm wie mein Abend kann der aus der Geschichte gar nicht sein. Noch fünf Minuten und ich bin reif für die Klapse. Mein Abend stellt alles in den Schatten. Plötzlich verscheuchte ein Blitzgedanke das Genörgel aus ihrem Kopf. Hastig suchte sie die Schreibutensilien zusammen. Ohne Stichworte zu sammeln, begann sie sofort mit ihrem Text:

Der Tag hatte böse angefangen. Schon am frühen Morgen hatte nichts geklappt. Manchmal wird ein Tag, der schlecht beginnt …

Manche Tage fangen nicht böse an.

Manche Tage beginnen ganz ruhig, auch wenn man schon eine traurige Vorahnung hat ...

Lebenstanz

Und dann passierte es. Einfach so. Dinge gesche-
hen, auch wenn man nicht darauf vorbereitet ist.
Ich stand an seinem Bett, streichelte ihm über die
Wange und er spürte es wahrscheinlich nicht mehr.
Er war tot. Einfach so. Mit 95 Jahren. Zwei Wo-
chen krank und dann – tot.

Wenig später saßen wir Übriggebliebenen am Küchentisch. Nicht nur meine Stimmbänder waren
gelähmt. Stumm starrten wir ins Leere. Unsere Blicke berührten sich nicht. Ich wischte über mein
nasses Gesicht, zerbiss meine Oberlippe und meine
Hosentasche fing an zu singen. „It's a beautiful
day" tönte es aus meinem Handy. Langsam verließ
ich den Raum, blickte auf das Display und drückte
den grünen Knopf. Ich begann mit der Schilderung
der letzten Stunden. Mein Mann unterbrach mich
und aus meinem blassen Gesicht verschwand noch
der letzte Rest von Farbe.

Ich holte meinen Vater aus der Trauerküche, erklärte kurz die Situation, stieg in mein Auto und
verschwand Richtung UniKlinikum. Im Kranken-
haus angekommen, sah ich am Ende des Ganges
meine zwei Liebsten sitzen. Auch ich wurde wahr-
genommen. Selbst auf zehn Meter Entfernung
konnte ich die Erleichterung sehen, die blitzartig
über Michaels Gesicht lief. Auch Laura schien auf

mütterliche Rettung gewartet zu haben. „Mama, wird da wieder auber?", schluchzte sie. Zumindest nahm ich an, dass sie etwas in dieser Art gesagt haben musste. Verstehen konnte ich sie nicht. Das lag nicht nur an den undeutlichen Worten. Mein Gehirn, mein Magen, mein ganzes Wesen war mit der Situation überfordert. Zum Hören langte es nicht mehr. „Mama!", drang es erneut an mein Ohr und ich sah, wie mein Kind verzweifelt auf sein Kleid mit den Blutflecken deutete.

„Das kriegen wir wieder hin. Wir müssen nur schnell nach Hause, damit es gleich in die Waschmaschine kann", sagte ich und hoffte, dass sich dies nicht als Lüge entpuppen würde. Laura atmete beruhigt auf.

Ehe es hier zu ruhig wurde, warf ich eine Frage in den Raum: „Drei Zähne? Einfach so weg?"

„So fast", antwortete Michael vorsichtig.

„Ie ind alle noch da. Hier!" Laura war weniger zimperlich.

Entsetzt starrte ich in den aufgerissenen Mund. Da baumelten drei der vorderen Zähne zusammen mit einem Stück Gaumenknochen. Unglaublich, was eine Wippe im Kindergarten so anrichten kann. Irgendwie konnte ich es noch nicht begreifen. Ich wollte es auch nicht und zum Glück musste ich es auch nicht. Michael hatte sich bereits bestens gekümmert. Für heute war alles geklärt und die Termine für die nächsten Tage waren abgesprochen. Ich wurde lediglich für die Fahrt nach Hause gebraucht.

Zwei Stunden und einen Milchshake später – etwas anderes ging mit diesen Zähnen wirklich nicht – stand ich im Keller und weichte das geliebte Kleid ein. Kurz darauf drehte es schon seine Runden in der Waschmaschine. Durch das Bullauge verfolgte ich seinen Weg. Von oben schallte ein „Hex Hex" die Treppe herunter. Doch ich hatte keine Lust auf die blonde Bibi und ihre Freunde aus Neustadt. Heute Abend reichte mir der Kleiderkanal auf 30 Grad. Ich saß auf der kleinen Trittleiter und starrte auf den bunten Stoff, der sich im Schaum mal nach rechts und mal nach links bewegte. Zum ersten Mal seit vielen Stunden hatte ich einige Minuten nur für mich. Auf der dritten Sprosse sitzend wurden meine Augen feucht und ich schniefte. Erst wegen meines Opas, dann auch wegen der Zähne, und dann weil beides zusammen einfach zu viel für nur einen Tag ist. Ich schniefte und schniefte und schniefte ausgiebig. Eine ganze Rolle Toilettenpapier lang.

Die nächsten Tage waren so gar nicht, wie ich mir die Zeit nach einem „familiären Todesfall" vorgestellt hatte. Zwischen Kindergartengespräch, Zahnarzt, Beerdigungsinstitut, Pfarrer- und Omagesprächen rannten die Stunden mit den Minuten um die Wette. Die Tage endeten spät. Die Nächte wurden von dem zahnleidenden Kind gestört und der nächste Morgen begann, ehe ich mich vom letzten Tag erholt hatte.

Den Tag vor der Trauerfeier begann meine Tochter mit Vollnarkose und beendete ihn mit drei Zähnen weniger. Eine Woche später standen wir wieder auf dem Friedhof. Diesmal mit der Urne. Kaum war diese unter der Erde, saß ich erneut mit Laura beim Zahnarzt. Heute wurde sie endlich von den Fäden im Mund befreit. Ab da war alles wie immer. Endlich wieder Kindergarten, festes Essen, Fahrrad fahren, spielen, toben, lachen. Alles war wie früher – nur mit einer großen Zahnlücke, zischenden S-Lauten und – ach ja, mein Opa war gestorben. Einfach so. Irgendwie neben meinem Leben. Für mein Gefühl mit zu wenig Gefühl. Der Alltag hatte die Trauer geschluckt. Es kam mir falsch vor. Das Leben hätte doch anhalten müssen. Anhalten zum Innehalten. Das wäre richtig gewesen. Aber das Leben hatte nicht gefragt. Das Leben hatte beschlossen, einfach weiterzuleben. Es hielt nichts vom An- und Innehalten.

Und diese Taktik wollte es auch beibehalten. Meine Großmutter starb drei Tage nach Lauras Einschulung. Glücklicherweise waren wir jetzt schon etwas erfahrener, was das Sterben, Beerdigen und so weiter anging. So konnte ich dies alles gut um den Stundenplan und den neuen Schulalltag herum organisieren.

Sein Meisterwerk inszenierte das Leben wenige Jahre später, mitten im Gründungsstress unserer neuen Firma. Gerade als wir befürchteten, wegen der vielen Arbeit den Verstand zu verlieren, starb mein Vater.

Sterben und Leben passt nicht zusammen — oder harmoniert zu gut. Da wird gestorben und das Leben, das man so gerne anhalten möchte, lebt einfach weiter. Kein Luftholen, Nachdenken, Innehalten. Das Leben tanzt nach seinen Regeln. Und es tanzt schnell und ohne Pause.

Das alles ist schon einige Jahre her. Trotzdem schimpfe ich ab und zu noch immer mit dem Leben, wie es so mit mir umgesprungen ist und mir keine Pause hat geben wollen. Ich hadere und schimpfe. Das kann ich richtig gut. Und das Leben lässt mich schimpfen. Es unterbricht mich nicht. Es antwortet aber auch nicht. Oft denke ich, es hat ein schlechtes Gewissen und schweigt deshalb. Doch das Leben spielt einfach auf Zeit. Es weiß, dass es im Recht ist und es weiß, dass selbst ich das früher oder später begreifen werde. Und ich habe es begriffen.

Vor wenigen Wochen verlor ich einen lieben Menschen. Doch diesmal war alles anders. Das Leben war einsichtig. Es hatte in meinen Terminkalender geschaut und einen passenden Zeitpunkt gewählt. Nichts davor und nichts dahinter. Das Leben hätte sich anhalten lassen. Das Leben schon – ich nicht. Als alle Fenster geputzt, die Betten frisch bezogen und die Fußmatten im Auto endlich wieder mal aufgeschäumt waren, da hatte ich es begriffen. Ich wollte gar nicht anhalten. Offensichtlich wollte ich gar nicht mehr als die wenigen Minuten Auszeit vor dem Waschmaschinenkino. Diesmal hatte mir das Leben die Gelegenheit zum Innehalten gegeben. Doch ich habe sie nicht genutzt.

Vielleicht ist der Mensch so. Vielleicht bin auch nur ich so. Manches kann ich ohne Anhalten besser ertragen. Als mir das klar wurde, schmunzelte ich, schmunzelte Richtung Leben. Es hatte gewonnen. Es hatte bewiesen, dass es die Jahre vorher lediglich den Weg gewählt hatte, den ich sowieso gegangen wäre.

Ich trauere lang und ausgiebig – aber auf Raten. Selbst nach vielen Jahren haben meine Liebsten noch einen Platz in meinem Leben und meinen

Gedanken. Während einer Autofahrt, beim Einkaufen, selbst beim Fußballspiel und manchmal eben auch vor der Waschmaschine sind Erinnerungen und Trauer plötzlich da. Und obwohl es traurig ist, genieße ich die wenigen Minuten, die plötzlich doch den Alltag anhalten, und schniefe ausgiebig vor mich hin.

Und plötzlich ging alles ganz schnell. Lange hatte ich genörgelt, diskutiert, gebettelt und zum Himmel gebetet. Nichts half.

Seit Jahren saßen wir in unserer kleinen Wohnung auf dem Lande. Mit Zwulch. Mittlerweile ein ganz schön großer Zwulch. Groß, nicht zu verwechseln mit breit. Trotzdem wurde es bei uns enger und enger.

Und dann, plötzlich, sahen wir es. Ein Haus, das Haus, unser Haus. Wir verliebten und verschuldeten uns. Überschätzen unsere Kräfte beim Renovieren und stehen plötzlich vor einem Umzug.

Wir beginnen, unser vermeintlich weniges Hab und Gut in Kisten zu packen, um es in die neue Heimat zu fahren.

Sogar Laura, die ihre freie Zeit gerne mit pubertierendem Chillen verbringt, hilft, Regale und Schränke auszuräumen.

Dabei findet sie frühere Kindheitsbegleiter, die sie mir mit großer Verwunderung unter die Nase hält …

Schweinchenschuhe

Ich hatte sie schon ganz vergessen. Sie waren ein Geschenk zur Geburt unserer Tochter. Hausschuhe aus rosa Filz mit aufgenähten Augen, lustigen Schweinsnasen und furchtbar putzigen Ohren an der Seite. Kurz gesagt, ein Alptraum in Größe 21. Ein Alptraum, der sofort in der hintersten Ecke unseres Kleiderschranks verschwand. Zwei Wochen alte Babys brauchen sowieso noch keine Schuhe, auch nicht wenn sie sich als knuddelige Filz-Schweine tarnen.

Die Schweinchenschuhe waren nicht sorgfältig genug versteckt. Aus Babys werden Kinder. Sie können plötzlich reden, laufen durch die Wohnung, öffnen Schränke und finden Schweinchenschuhe. Es war Liebe auf den ersten Blick. Aufgeregt holte Laura den Schatz aus dem Schrank und zeigte ihn mir. Sie hüpfte von einem Fuß auf den anderen, während ich die Schuhe aus ihrem Plastiktütengefängnis befreite. Seitdem begleiteten uns die Pantoffeln. Sie folgten uns auf Schritt und Tritt. Zu Hause wurden sie nur im Notfall, im Bett und der Badewanne ausgezogen. Auch außerhalb unserer vier Wände ging fast nichts ohne sie. Ob Besuch bei der Oma oder Spielnachmittag bei der Freundin, die Filzferkelchen waren immer dabei. Auch ein Jahr später, am ersten Kindergartentag, kamen die rosa Fußbegleiter mit und halfen, die ersten elternlosen Stunden zu überstehen.

Schweinchenschuhe können sogar Mütter von der Arbeit holen. Ein einziges Mal musste ich meine Tochter unverhofft im Kindergarten abholen. Als die Erzieherin anrief, um mir mitzuteilen, dass niemand in der Lage sei, Laura zu beruhigen, war ich auf das Schlimmste gefasst. Als ich hinkam, weinte sie noch immer. Das laute Schluchzen wurde lediglich sekündlich von einer tiefen Schnappatmung unterbrochen. Es war nicht einfach, Lauras Erzählungen zu folgen, doch irgendwann hatte ich den Tathergang begriffen.

Beim Frühstück musste sich auf böse und heimtückische Weise Erdbeerjoghurt auf einen ihrer Hausschuhe geschlichen haben. Als Laura den Fleck bemerkte, wollte sie diesen natürlich sofort entfernen. Also ging es schnurstracks, mit bester Freundin an und verseuchtem Schuh in der Hand, Richtung Bad. Dort startete die Aktion „Rettet den Schweinchenschuh". Was dann genau geschah, wird wohl für immer ein Geheimnis der überfluteten Toilettenschüssel bleiben. Joghurt immerhin war auf dem Pantoffel keiner mehr zu sehen.

Der rosa Filzknäuel hing an der Wäscheleine des Kindergartens und tropfte vor sich hin. Auch Laura tropfte. Nicht nur wegen der nassen Kleidung, die an ihr klebte. Aus ihren Augen ergossen sich die Niagarafälle. Alle redeten auf sie ein. Aber niemand konnte das Kind von dem Schreckgedanken befreien, dass dieser Schuh für immer und ewig vernichtet sei. Und sie hatte ihn selbst kaputtgemacht, den besten Schuh von allen.

Natürlich hat das Schweinchen überlebt. Laura half mit, den Föhn zu halten und nach einer halben Stunde war das Problem einfach weggeblasen.

Schweinchenschuhe machen erfinderisch. Füße wachsen – Schuhe leider nicht. Also, ab ins Fachgeschäft. Rote, blaue, grüne Schuhe, Schuhe mit Streifen, Punkten, Blumen, ja sogar Schuhe mit einer kleinen Fee gab es. Und alle passten. Passten zumindest an den Fuß, aber nicht in den Kopf der kleinen Kundin. Schweinchenschuhe und nichts anderes sollten es sein. So kamen wir mit leeren Händen oder besser gesagt nackten Füßen nach Hause. Glücklicherweise lebte der Vater der Schuhträgerin schon damals in der modernen Welt des Internets. 3-2-1-meins, und schon wenige Tage später brachte die Post Schweinchenschuhe in der passenden Größe. Obwohl gebraucht, sahen sie aus wie neu. Vielleicht hatte auch dieses Paar bereits einen Klo-Waschtag erlebt. Und es kam noch besser. Innerhalb weniger Tage ersteigerte mein Mann die begehrten Hausschlappen in verschiedenen

Kindergrößen. Wir konnten gelassen in eine rosa Zukunft blicken.

Schweinchenschuhe erinnern daran, dass Kinder nicht ewig Kinder bleiben. Plötzlich, an einem Samstagmorgen, verabschiedete sich unsere Tochter von den treuen Mitläufern der ersten Kinderjahre. „Ich bin nun zu alt für solche Babydinger", erklärte sie trocken und stellte die Filzpantoffeln auf den Frühstückstisch. Und plötzlich hörten wir uns, wie wir die Schuhe anpriesen. Wir redeten, als wären sie das Wichtigste der Welt. Als könnte das Weitertragen dieser Schuhe die Zeit anhalten und ein Stück Kindheit bewahren. Doch unser Betteln hatte keinen Erfolg.

Schon seit Langem wohnen die rosa Hausschuhe unserer kleinen Tochter, zusammen mit anderen Erinnerungsstücken, wieder in unserem Kleiderschrank. Auch ist unsere Kleine keine Kleine mehr, sondern eine Große. Größer als ich, und das mit gerade mal 13 Jahren. Mit 13 Jahren emotional so weit weg von Schweinchenschuhen wie noch nie in ihrem Leben.

Schweinchenschuhe, wir vermissen euch.

Wir sind umgezogen. Juhu! Die Zivilisation hat uns wieder.

Zugegeben, es sind nur acht Kilometer bis zu unserer alten Wohnung. Aber es sind acht wichtige Kilometer. Alle unsere Freunde wohnen einen Katzensprung entfernt.

Guter Freund hat Geburtstag? Kein Problem, wir kommen. Zu Fuß! Wir laufen hin und torkeln gemütlich zurück.

Platz ist in der kleinsten Hütte? Mag sein, aber in einem großen Haus mit überdachter Terrasse feiert es sich entspannter.

Endspiel der Fußballweltmeisterschaft? Die Wagners laden ein, zu Würstchen und Siegesfeier …

Vierter Stern, hart erkämpft

Hallo Herr Neuer, Herr Müller, Özil und Co. Glückwunsch zum Titel. Ihr habt euch den Pokal verdient. Ihr habt gekämpft. Schweinsteiger wurde am Spielfeldrand getackert und Götze kam erfolgreich ins Spiel. Ihr glaubt, deshalb könnt ihr jetzt den Pokal küssen? Sicherlich war das alles nicht unerheblich. Aber auch wir haben gekämpft. Ohne uns wärt ihr vielleicht nur mit der ach so hübschen Medaille für den zweiten Platz nach Hause gekommen. Ihr glaubt mir nicht? Hier ein kurzer Rückblick auf den 13.7.2014 aus meiner Sicht:

10:48 Uhr

Kaffee ist fertig. Der Duft von Brötchen und Rührei liegt in der Luft. Familie Wagner gönnt sich ein gemütliches, spätes Frühstück im Schlafanzug. Ein Sonntagsfrühstück. Ein ausführliches Frühstück. Ein Frühstück mit vielen Kalorien und guter Laune. Es muss eine Weile vorhalten. Die nächste Mahlzeit gibt es erst wieder am Abend. So gegen sieben erwarten wir unsere Freunde. Dann muss der Grill startklar sein. Dann wollen wir uns die Bäuche vollschlagen. Ein zufriedener Bauch vertreibt Angst und Zweifel. Angst und Zweifel, die wir eigentlich (fast) gar nicht haben.

12:15 Uhr

Die ersten Fachgespräche beginnen. Wird es eine frühe Entscheidung geben? Wird es sich hinziehen? Oder kommt es gar zum Elfmeterschießen? Auch die Kleidungsfrage ist noch offen. Nicht das Was sondern das Wann ist ungeklärt. Laura und ich sind uns schnell einig. Bereits jetzt ziehen wir die Trikots an. Es wird dauern, bis unsere positiven Schwingungen auf der anderen Seite der Erdkugel ankommen. Deshalb: Trikots jetzt. Sicher ist sicher.

13:05 Uhr

Die Vorfreude steigt. Michael kontrolliert den Keller. Getränke sind in ausreichender Menge und zufriedenstellender Kühlung vorhanden. Schnaps steht bereit. Für jedes Tor der deutschen Mannschaft gibt es eine Runde, das verlangt die Tradition. Heute ziehen wir es durch, komme was da wolle. Vor wenigen Tagen mussten wir mit dieser Gepflogenheit aussetzen. Sorry, Nationalmannschaft, es ging nicht anders. Ihr habt Brasilien sensationell weggefegt. Aber sieben Tore? Da konnten wir nicht mithalten. So viel Alkohol vertragen wir nicht, besonders nicht an Werktagen. Heute dürft ihr so viele Tore schießen, wie es euch gefällt. Wir sind vorbereitet. Morgen haben alle frei. Die Siegesfeier kann kommen.

15:23 Uhr

Wir feiern schon etwas vor. Laura dreht das Radio bei „Ein Hoch auf uns" voll auf. Andreas Bourani dröhnt durch das Haus, über die Terrasse, die ganze Straße entlang. Familie Wagner lässt alle mitfeiern.

16:06 Uhr

Wolken ziehen auf. Der Himmel zieht sich zu. Ein Omen? Nein – Regen. Die ersten Tropfen kommen, und sie bringen ihre ganze Verwandtschaft mit.

17:15 Uhr

Ich hole vorsichtshalber die Pfannen aus dem Schrank. Eventuell könnte das Grillen ins Wasser fallen. Ich will auf alles vorbereitet sein. Heute darf nichts schiefgehen, heute am Weltmeistertag. Der Regen will nicht aufhören zu regnen und er sammelt sich auf unserer Terrasse vor dem Obergeschoss. Gut, dass der Fernseher im Inneren des Hauses steht. Draußen würden wir bestenfalls in Gummistiefeln Weltmeister werden.

17:40 Uhr

Apropos Gummistiefel. Kaum darüber nachgedacht, trage ich auch schon welche und kämpfe an der Seite meines Mannes gegen Wassermassen. Da fühlt man sich sicher in einem Haus mit Hanglage. Und was passiert? Sturzbäche strömen genau diesen Hang herunter und wollen unser Haus in Besitz nehmen. Doch so schnell geben wir nicht auf. Mit Besen, Schneeschieber, viel Kraft und Willen halten wir das Wasser davon ab, durch die Terrassentür in unser Wohnzimmer einzudringen.

17:55 Uhr

Es klingelt. Zum Glück haben wir ein Kind. Laura, bisher noch nichts von der Flutkatastrophe ahnend, geht zur Haustür und steht Sekunden später erschrocken neben uns: „Unten ist alles voller Wasser. Die totale Überschwemmung. Ach ja, und Manni ist da." Michael lässt den Besen fallen und sprintet ins Erdgeschoss. Ich will ihm hinterherrufen, dass wir nicht mit Stiefeln durchs Haus latschen, erkenne aber noch rechtzeitig den Blödsinn dieser Aussage. Außerdem muss ich weiter gegen das Terrassen-Hochwasser kämpfen. Um Informationen über den häuslichen Zustand zu erhalten, schicke ich das Kind hinter seinem Vater her.

17:58 Uhr

Die Kundschafterin ist wieder da. Ich solle mich weiter um die Katastrophe hier oben kümmern, lässt Michael ausrichten. Er sorge sich unten um alles. Laura schnappt sich einen Besen und hilft mir bei der Wasservertreibung.

18:46 Uhr

Die Natur hat ein Einsehen und der Regen ein Ende. Aus dem reißenden Fluss wird nach und nach ein kleines Rinnsal, das schließlich ganz verschwindet. Wir kehren noch einige Zentimeter Wasserhöhe ab und überlassen die Terrasse, wenn auch noch immer überschwemmt, ihrem Schicksal.

Ich gehe mit Laura ins Erdgeschoss und weiß plötzlich, was es bedeutet, sich „wie in einem anderen Film" zu fühlen. Ich sehe, wie meine Freundinnen im Flur stehen und mit Schrubbern und Besen bewaffnet in einer langen Kette Wasser aus dem Haus schieben. An ihnen vorbei eilen ihre Ehemänner und tragen unser Hab und Gut in die scheinbar trockene Autogarage. In dem geordneten Chaos suche ich meinen Mann und finde ihn mit dem Kopf in der Heizungsanlage. Ohne seine Beschäftigung zu unterbrechen, erklärt er mir die Lage: „Das Wasser ist durch den Raum unter der Terrasse ins Haus gekommen. Das ganze Erdgeschoss ist überschwemmt. Aber dank der vielen Helfer haben wir alles im Griff."

20:31 Uhr

Alle Zimmer sind wieder trocken, zumindest oberflächlich. Die Garage ähnelt verblüffend dem Zustand nach unserem Einzug vor wenigen Monaten: bis unter die Decke vollgestapelt mit Möbeln und

Kisten. Wir stehen auf der Straße und reden mit den Nachbarn. Jeden hat es erwischt. Alle sind abgesoffen. Aber niemand verletzt, nur Sachschaden. Der Unrat auf dem Bürgersteig verbreitet ein Flair von Sperrmüll, Erdbeben und anderen Katastrophen.

Die wichtigsten Arbeiten sind erst mal erledigt. Wir gönnen unseren Freunden ein „Feierabendbierchen". Ich biete noch einen Schnaps an, doch dieser wird energisch abgelehnt: „Schnaps? Bist du verrückt. Schnaps erst zum Tor."

21:00 Uhr

Das Spiel! Wer hätte das gedacht? Ich auf jeden Fall nicht. Spielanpfiff, und ich hatte es vergessen. Beinahe wäre ich ohne Finale einfach ins Bett gefallen.

3. Spielminute

Die Argentinier haben ihre erste Chance und ich muss mich aufregen. Alle Anstrengungen des Tages sind erstmal verschwunden. Ich bin im Spiel.

30. Spielminute

Kurzes Luftanhalten. Aber zum Glück Abseits.

45. Spielminute

Die Pizza wird geliefert.

90. Spielminute

Kein WM-Titel. Verlängerung.

108. Spielminute

Laura springt erschrocken hoch: „Wo ist die Fahne?"

„Welche Fahne?", frage ich, mittlerweile doch etwas müde.

„Die Deutschlandfahne! Wo ist sie?"

„Irgendwo draußen auf dem Rasen. Die wurde vorhin umgespült."

„Mama, so wird das nix. Die Fahne muss stehen. Jemand muss die Fahne aufstellen."

Ein bisschen hoffe ich, dass jetzt irgendwer aufsteht und sich des Flaggenproblems annimmt. Aber noch ein bisschen mehr ist mir klar, dass alle hier Anwesenden ihre Energie für heute aufgebraucht haben.

„Mama, biiiiiitte!"

Alle Knochen tun mir weh. Ich bin froh, zu sitzen. Ich bin froh, wieder trocken zu sein. Doch was tut man nicht alles. Alles fürs Kind und für die Mannschaft. Also, rein in die Gummistiefel. Durch den Terrassensee laufen. Sich durch die Gras-Schlamm-Landschaft kämpfen. Fahne suchen. Fahne finden.

Fahne mit bloßen Händen – ich wiederhole: mit bloßen Händen – von diversen Nacktschnecken befreien. Schnell die Gänsehaut vom Rücken abschütteln. Fahnenstange in die Erde rammen. Gummistiefel ausziehen. Hände waschen. Sich auf die Couch setzen und die Heldentat mit den Nacktschnecken erzählen.

5 Minuten später

Schürrle schießt eine Flanke von links, Götze springt dem Ball entgegen, nimmt ihn mit der Brust an und bringt ihn per Seitfallzieher mit dem linken Fuß ins lange Eck des argentinischen Tors. 1 : 0. Die Erlösung!

Wir überstehen die nächsten, sehr langen Minuten und dann, dann sind wir Weltmeister. Der vierte Stern ist da!

Wir sind Weltmeister!

Was hat dieses packende Finale entschieden? Der Wille der Mannschaft? Der kämpfende Bastian Schweinsteiger? Die Nerven? Mario Götze? Natürlich, ganz gewiss das alles. Aber vielleicht kam das letzte Fünkchen, der kleine Tropfen, der das Fass zum Überlaufen brachte, der entscheidende Kick durch die Energie, die Schwingungen und die aufrecht stehende Fahne aus einem kleinen Städtchen in Deutschland.

Mit dem Aufstellen einer Fahne den Weltmeisterschaftstitel retten? Wenn doch nur alles im Leben so einfach wäre.

Manchmal siehst du, wie dein Kind leidet. Und du stehst daneben und kannst nur zusehen.

Mütter sind keine Superhelden. Manchmal können sie (fast) nichts tun, auch wenn sie noch so gerne wollen ...

Schuss zum Mond

„Jetzt reicht's. Ich guck mal, ob ich bei Amazon eine Kanone bestellen kann. Oder bei eBay, vielleicht gibt's ja was Billiges, Gebrauchtes." Irritiert sah mich meine Tochter mit ihren verheulten Augen an.

Ach, früher war alles viel einfacher. Früher, das liegt erst elf, zwölf oder dreizehn Jahre zurück. Stürze, Platzwunden, blutende Ellenbogen oder vom Fahrrad böswillig abgeworfen. All diese großen und kleinen Katastrophen ereilten unser Kind. Und alle waren sie nah am Weltuntergang. Kein Unglück dabei, das nicht mit lautem Geheule und dicken Kullertränen einherging. Doch wie gesagt, damals war alles noch einfach. Den Kopf am Küchentisch gestoßen? Schnell schnappte ich mir das Kind, rannte zum Fenster und öffnete blitzschnell den Blick ins Freie, den freien Blick Richtung Himmel oder besser gesagt Richtung Mond. Ich gab einen kraftvollen Puster auf die Wunde und beförderte so den Schmerz in die Luft. Gemeinsam mit Laura pustete ich ihn dann noch ein paar Mal an. So kam er schneller zu seinem Ziel. Und das Ziel war der Mond. Weit weg, hinter die Erdatmosphäre schickten wir den Schmerz. Je kräftiger unsere Puste, desto schneller war das Unheil auf seiner Reise zum Mond. Das funktionierte immer.

Egal ob mit Mama oder Papa. Mit Großmüttern dauerte es etwas länger. Doch irgendwann hörten sie auf ihre Enkelin und rissen das Fenster auf, ohne sich um die Gardinen zu kümmern.

Besonders praktisch war die Schmerz-auf-den-Mond-schicken-Methode bei aufgeschürften Knien. Denn die holte sich unser Kind gerne beim Fahrradfahren oder beim superschnellen Rennen. Glücklicherweise fanden diese Aktionen meist unter freiem Himmel statt. Da gab es keine störenden Hindernisse Richtung Mond, die erst geöffnet werden mussten. Das Blut tropfte noch aus dem kiesbedeckten Knie, doch die Tränenflut war schon gestillt. Spätestens in diesen Momenten war uns klar, dass sich der Volkshochschulkurs „Astronomie" vor einigen Jahren gelohnt hatte. Mit einfachen Worten hatten wir Laura unsere Erde, den Mond und das Sonnensystem erklären können. So war ihr klar, dass der Mond immer da ist, auch wenn dieser gerade über der Nacht von Amerika ist. Denn so gut wie alle Unfälle ereigneten sich natürlich tagsüber, also dann, wenn der Mond nicht zu sehen ist.

Das war früher. Früher, als alles noch einfach war. Doch die Zeit rannte und wir haben schon lange nichts mehr auf den Mond gepustet. Mit dem Mond kamen die ersten verliebten Blicke und schneller als gedacht, saß ein hübscher, höflicher, männlicher Teenager mit am Abendbrottisch. Doch dann plötzlich entwickelte er sich zu einem hübschen, männlichen Teenager, der gar nicht mehr so höflich war. Der nicht mehr ans Telefon ging und auf Handy-Nachrichten nicht reagierte. Und da brauchte ich ihn wieder, den guten alten Mond. Diesmal wollte ich nicht pusten. Diesmal half nur schießen. Einfach auf den Mond schießen wollte ich ihn, diesen jungen Kerl mit seinem hübschen Lächeln. Und vielleicht noch die Zeit zurückdrehen. Besser ich hätte ihn schon vor sechs Wochen weggeschossen. Dann hätte das alles gar nicht erst angefangen und ich hätte nicht die Tränen meiner Tochter ertragen müssen. Doch leider ist die Wissenschaft noch nicht so weit.

Der alte Trick aber funktionierte noch. Wenigsten ein bisschen. Als ich meiner Tochter das Vorhaben mit der Kanone und dem Schuss zum Mond erklärte, schmunzelte sie, wenn auch nur kurz. Aber für ein, zwei Sekunden war der Kummer weg. Für einen kleinen Moment einfach weggepustet.

Ein anständiges Buch hat 300 Seiten. Das Buch eines nicht so fleißigen Schriftstellers kommt wenigstens auf 150 bis 200 Seiten. Sie befinden sich noch nicht einmal auf Seite 120 und spüren es schon in Ihren Fingern: Das Buch ist kurz vor dem Ende.

Ich weiß, es sollte mehr Seiten haben. Für das Geld haben Sie mehr erwartet. Es tut mir leid – aber nur ein bisschen.

Ich gehe als Steuerfachwirtin in einer Steuerberatungskanzlei arbeiten. Die Gesetze ändern sich schneller, als mein Gehirn es verkraftet. Ich habe ein Kind großgezogen. Ja, mein Mann hat viel dabei geholfen. Aber um so einen Mann muss Frau sich auch kümmern. Das Kind ist ganz gut geraten. Es macht in zwei Jahren Abitur. Mein Mann wurde vom gemütlichen Arbeiter zum ungemütlichen Selbständigen, was noch mehr Mann-Betreuung mit sich brachte. Wir sind umgezogen und das Leben tanzte mit uns.

Nehmen Sie die Entschuldigungen an, oder denken Sie halt, mich habe die Lust verlassen.

Egal wie oder was. Dieses Buch ist kurz vor dem Ende.

Ich hätte Ihnen gerne noch einige Seiten mehr geboten, aber ich kann nicht mehr. Die Energie ist weg, aufgebraucht, verschwunden, der Akku leer …

Die Sonne scheint.

Die Füße stinken.

Drum lass uns noch ein Bierchen trinken.

Endlich frei. Langes Wochenende. Fast schon wie Urlaub. Ich sitze lässig in einem Campingstuhl der Luxusklasse und gönne mir ein Kaltgetränk einer hessischen Brauerei. Meine Füße haben es sich auf der Lehne des Nachbarstuhls bequem gemacht, der wiederum auf extremst lässige Art durch meinen Gatten besetzt wird. Meine Füße, die übrigens nicht stinken, stören ihn nicht. Nichts und niemand stört. Das haben wir uns vorgenommen. Jetzt wo wir endlich ein paar Tage freihaben, wird es geradezu unmöglich sein, uns zu stören. Seit einem Tag sind wir nun schon unstörbar. Wir sitzen in der Einöde, auf einer Lichtung in der Tiefe des Waldes. Weit weg von der Zivilisation haben wir zusammen mit drei anderen unerschrockenen Pärchen unsere Zelte aufgeschlagen. Vier Tage im Laubacher Wald, so wie jedes Jahr an Pfingsten. Und was gestern Abend mit den ersten naturgekühlten Bierchen begann, wird heute am Samstag fortgeführt. Jeder tut nur das, wozu er Lust hat. In meinem persönlichen Fall bedeutet das, dass ich nichts tue. Wirklich einfach nichts. Seit Monaten renne ich sofort nach dem Aufstehen Arbeit und Pflicht hinterher, und wenn ich meine tägliche Ration abgearbeitet habe, falle ich ins Bett, um fit für den nächsten Tag zu sein. Selbst an den Wochenenden war ein Füßehochlegen nicht möglich. Weil wir nach Arbeiten, Hausaufgabenhilfe, Putzen, Kochen, Waschen, Teenagertaxi und Oma-Arztfahrten scheinbar noch Kraft über hatten, haben wir noch unsere Terrasse an mehreren Wochenenden renoviert, damit dann Konfirmation gefeiert werden konnte. Es hat sogar Spaß gemacht, ehrlich. Aber jetzt sind unsere Akkus leer. Nichts geht mehr. Und an diesem langen Pfingstwochenende muss auch nichts mehr oder besser gesagt es muss nur noch nichts. Wir sitzen hier, starren ins Lagerfeuer, unterhalten uns mit unseren Freunden und tun nichts. Noch nie war nichts so schön. Ich glaube, ich kann hier nie mehr weg. Ich bin gefangen in einer Wolke des Nichtstuns. Weit weg von den letzten anstrengenden Monaten und gut geschützt vor dem, was in der nächsten Woche lauert.

In unserem Zelt liegt mein Notizblock. Eigentlich wollte ich die freie Zeit nutzen, um mich meiner Lieblingsbeschäftigung zu widmen: dem Geschichtenschreiben. Doch ich müsste aufstehen, um Stift und Papier zu holen. Mein Göttergatte ist auch nicht gewillt, sich zu erheben, und außerdem kommt mir Schreiben, sonst eine der einfacheren Tätigkeiten, viel zu anstrengend vor. Schon der

Gedanke, einen Stift zu halten, bringt mich viel zu weit vom Nichtstun weg. Und das würde mein großes Wochenendziel in Gefahr bringen. Auch wenn ich gerne noch einige Geschichten für dieses Buch geschrieben hätte, ist es mir aus dem zuvor ausführlich beschriebenen Umstand des Nichtstuns leider nicht möglich, Worte aufs Papier zu bringen.

Sonne wäre ein gutes Thema, erkläre ich meinem Mann.

„Nichts leichter als das", erwidert er und rezitiert:

Die Sonne scheint.

Die Füße stinken.

Drum lass uns noch ein Bierchen trinken.

Prost!

Zum Abschied

Prost, Herr Wedekind!

Erstmal einen großen Schluck auf unseren Verein. Jetzt geht es bergauf. Die lange Durststrecke ist zu Ende. Ich weiß nicht, ob Sie das Drama des letzten Halbjahres mitverfolgen konnten. Ich hoffe nicht, denn dann wäre Ihre offensichtlich gewünschte Ruhe dahin gewesen. Aber jetzt wird alles anders. 3 : 0 haben wir den Gegner weggeputzt. Und ich war dabei. Übrigens mit Ihrer Dauerkarte. Sie wollten ja nicht mehr hin. Endlich war ich mal wieder im Stadion. Wie Sie sich vorstellen können, hat mir in den letzten Monaten die Zeit dafür gefehlt. Überstunden und Wochenendarbeit waren die Regel. Doch jetzt wird alles besser. Nicht nur Eintracht Frankfurt, auch unsere Kanzlei hat die Wende geschafft. Neues Jahr – neues Glück.

3 : 0! Habe ich es schon erwähnt? Verzeihen Sie mir, wenn ich mich wiederhole. Aber ich bin unendlich glücklich und erleichtert über den langersehnten Heimsieg. Ich bin so froh und befreit, dass ich mich kaum noch an das beklommene Gefühl erinnern kann, das noch vor knapp 90 Minuten meinen Kopf lähmte. Block 28C, Reihe 15, Nummer 25: schöner Platz – für mich erstmal ein merkwürdiger Platz. Hier haben Sie also alle zwei Wochen gesessen. Hier haben Sie gebangt, geschimpft und gejubelt. Heute saß ich da. Am An-

fang mit etwas gemischten Gefühlen, doch zusammen mit der Eintracht-Hymne habe ich alle meine Bedenken und Ängste laut Richtung Himmel gesungen. Von da an war es ein fast normaler Stadionbesuch: Bier, Laugenbrezel, freie Sicht aufs Spielfeld und freundliche Sitznachbarn. Gerne würde ich sagen, Ihre früheren Fan-Kollegen lassen Sie grüßen, doch scheinbar sind Sie in deren Welt schon nicht mehr präsent.

Ganz anders im Büro. Wir vermissen Sie. Sie fehlen uns – auch nach sieben Monaten noch. Nichts läuft so glatt und ruhig, wie wir es gewohnt waren. Wenn der Kapitän geht, wird das Spiel für die restliche Mannschaft anstrengender. Im Leben wie im Fußball. Pirmin Schwegler, Sie erinnern sich sicherlich noch an den Frankfurter Spielführer, war lange verletzt. Das hat das ganze Team aus dem Tritt gebracht. Nichts lief mehr. Sicherlich einer der Gründe, warum es die Eintracht in die Abstiegszone gezogen hat. Doch jetzt geht es bergauf. Schwegler ist zurück und hat die Führung erneut übernommen. Auch wir haben seit Jahresanfang wieder einen Kapitän, ich meine natürlich einen Geschäftsführer.

Auch bei uns zog nach Ihrem Weggang das Chaos ein. Allerdings war es ein Gefühlschaos. Es traf alle. Und es traf alle gleichermaßen. Wir waren zusammen unfassbar traurig, irgendwann richtig wütend und manchmal einfach nur enttäuscht. Aber es hatte auch etwas Gutes. Die neue Situation hat in uns ungeahnten Teamgeist und Siegeswillen geweckt. Die zusätzliche Arbeit und die Verantwortung haben wir unter uns aufgeteilt und mit vereinter Kraft haben wir das letzte halbe Jahr überlebt. Wir haben es nicht nur überlebt, wir haben es gerockt. Ja, das haben wir uns stolz am Jahresende zugerufen: „Wir haben es gerockt!"

Jetzt sind das neue Jahr und der neue Geschäftsführer da. Wir kommen gestärkt zurück ins Spiel und sind erleichtert, einen Teil des Managements wieder abgeben zu können.

Erleichterung war heute auch im Stadion zu spüren. Schon in der 7. Minute holte Flum mit einem schnellen Schuss die frühe Führung für die Eintracht. Keine fünf Minuten später hätte es bereits 2 : 0 stehen können. Aber Aigner stand im Abseits und das Tor wurde nicht gewertet. Hier unterscheiden sich Spiel und Wirklichkeit. Ihr Treffer saß und zählte, auch wenn Sie sich wahrscheinlich schon länger abseits fühlten.

Jahrelang waren wir ein Team – zumindest dachten wir das. Aber offensichtlich liefen wir irgendwann nicht mehr in die gleiche Richtung. Oder sind Sie nach einem Seitenwechsel einfach nicht wieder mit aufs Feld gegangen? Wie so oft waren wir nur bemüht, unser Saisonziel zu erreichen und haben nicht bemerkt, dass Sie die Mannschaft gedanklich bereits verlassen hatten. Schade, dass Sie uns nicht einfach ein deutliches Zeichen gegeben haben. Vielleicht hätten Sie mit der gelben oder gar der roten Karte winken sollen. Gerne hätten wir Ihnen geholfen, sich wieder als Teil des Teams zu fühlen.

So mancher ist nach einer Pause zurückgekommen und hat mit seiner Mannschaft noch einige aufregende Spiele bestritten. Doch Sie wollten nicht. Am 13.06. haben Sie beschlossen, das Spielfeld zu verlassen. Ich finde nicht, dass Sie als Sieger vom Platz gegangen sind. Trotzdem fühle ich mich als zurückgebliebener Verlierer. Betroffen stehe ich im Aus, geschockt über den plötzlichen Abpfiff.

Abpfiff gab es am Samstag natürlich auch. Aber unser beider Lieblingsmannschaft hat das Spiel bis zum Ende durchgezogen. Die Spieler haben gekämpft und gezeigt, dass es immer eine Chance gibt, selbst nach diesen schwierigen, dunklen Monaten. Vor dem Abpfiff haben sie sich und uns noch zwei weitere Tore geschenkt. 3 : 0! Gut, dass die Mannschaft sich nicht aufgegeben hat. Die Wende ist eingeleitet. Nicht nur beim Fußball. Das neue Jahr lässt sich gut an.

Prost, Herr Wedekind! Ich schicke freudige, traurige und liebe Grüße aus unserem Stadion. Ich hoffe, sie kommen bei Ihnen an.

FSC
www.fsc.org

MIX

Papier | Fördert
gute Waldnutzung

FSC® C083411

Zeitfracht Medien GmbH
Ferdinand-Jühlke-Straße 7
99095 Erfurt, Deutschland
produktsicherheit@kolibri360.de